In het hooi

Hannah Biemold

In het Hooi

Amsterdam
Uitgeverij Vuurpapier
2010

Eerste druk 2010.

Foto omslag 3D Ranch

inhethooi@vuurpapier.nl / www.vuurpapier.nl

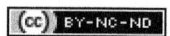

ISBN 978 94 90645 01 4 / NUR 336

I

'Hoezo is het mijn schuld? Het is net zo goed jouw schuld!'

'Jij zat toch achter het stuur? Nou dan!'

'Alsof ik dat graag wilde, ik zei toch dat ik niet goed kan rijden en al helemaal niet in het donker', pruilt Priscilla. Ze trekt haar onderlip zo ver naar beneden dat de bultjes aan de binnenkant zichtbaar worden, voor zo ver dat kan in de donkere auto. De oude Volvo is zojuist tot stilstand gekomen. Rinke kijkt haar schuin aan, alsof ze wil zeggen dat het toch echt aan Priscilla ligt dat ze van de weg zijn geraakt en in de greppel tot stilstand zijn gekomen. Ook dat nog, gestrand in Friesland. Rinke was te moe geweest om nog te rijden na anderhalve dag onafgebroken achter het stuur te hebben gezeten. Ze had hen gisteren al vanaf Amsterdam via de afsluitdijk Friesland binnen geloodst, via Harlingen en de hoge terp van Hegebeintum. Daarna was de provinciale weg te vermoeiend geweest, met bumperklevers en felle lichten van de tegenliggers, snelle sportwagens en andere gestroomlijnde bolides. Nadat ze de zijweg hadden genomen was de weg na een paar honderd meter erg hobbelig geworden en in een zandweg veranderd. Het was inmiddels zo donker geworden dat ze ook niet meer konden keren en bovendien was het daar te smal voor.

'Volgens mij hebben we toch echt iets geraakt hoor', roept Priscilla uit. Ze kijkt Rinke's kant op, maar zij blijft stil voor zich uit kijken. Dat moest er ook nog eens bij komen, dat ze in shock is of iets anders waar ze last van heeft, altijd hetzelfde. Achterin de auto komt een geluid, een zacht gekreun, alsof er iemand wakker wordt uit een diepe slaap, van ver weg.

'Waar zijn we? Wat is er gebeurd? Ligt het nou aan mij of staat de auto erg scheef, zijn we weer op een terp beland?'

Het is Esther die op de achterbank lag te slapen, dwars door de klap heen, maar nu rechtop probeert te komen. Met haar omvang kost dit enige tijd, niet noemenswaardig meer dan anderen maar toch. Verdwaasd kijkt Esther om zich heen en ziet dat Rinke voor zich uit zit te staren en Priscilla zachtjes jammerkreetjes slaakt. 'Wat is er aan de hand? Hebben we iets geraakt of zo?', vraagt ze. Buiten de auto is er niet direct iets hoorbaar. Als Esther de achterdeur opent is het buiten doodstil. Of toch niet? De wind ruist zacht door de bladeren van de bomen om hen heen. In de verte roept een uil. De koplampen van de Volvo werpen vreemde grillige schaduwen op de bomen voor hen en die daarachter. Esther stapt uit en laat de deur achter haar open staan. Rinke heeft inmiddels ook haar portier geopend en stapt voorzichtig uit.

'Maar wat als ik echt iemand geraakt heb? Straks ben ik een moordenaar en kleeft er bloed aan mijn handen!', snikt Priscilla. 'Ik durf de auto niet uit hoor. Bovendien loop ik niet ergens waar ik niet kan zien waar ik loop.'

'Lekker belangrijk, denk eens even niet aan jezelf wil je!?', roept Esther gefrustreerd uit.

'Hier ligt inderdaad iets!', roept Esther, 'hij ademt nog, maar wel onregelmatig'. Voor de Volvo ligt een ineen gedoken roerloze gestalte, die maar net te onderscheiden is van de donkere bosgrond. Hij probeert zich op te richten maar zakt met een akelige kreun weer in elkaar. Esther, en ook Rinke schuin achter haar, lopen voorzichtig naar de gestalte toe en buigen zich er overheen. Ook Priscilla heeft inmiddels haar portier geopend maar durft nog steeds de auto niet uit, bang voor wat ze mogelijk heeft aangericht, en bang voor modder op haar schoenen. Dan, net nadat Priscilla toch voldoende moed heeft verzameld om richting haar vriendinnen te lopen, gebeuren er drie dingen; Rinke die op haar beurt achter het stuur is gekropen probeert de auto te starten die aanslaat om vervolgens met een flinke knal tot stilstand komt en alleen nog venijnig gesis laat horen; Priscilla gilt, glijdt uit en botst hierbij tegen Esther aan; het slachtoffer dat tot dit moment rustig op de weg zwaar aan het ademen was, springt op, rent zo goed als kwaad als het kan naar de bosrand en verdwijnt tussen de bomen in het donker, een deel van het lichaam meeslepend. Rinke en Esther kijken elkaar over het dak van de Volvo voor een ogenblik aan en halen hun schouders op. Blijkbaar was datgene wat ze hadden aangereden niet zwaar gewond genoeg om te blijven liggen of dood te gaan, daar midden op de weg. Het is nu niet meer hun probleem, ook al zijn zij wel diegenen die het slachtoffer tot slachtoffer hebben gemaakt. Of er bloed ligt op de weg valt nu ook niet te zien.

'Die leeft in ieder geval nog wel, anders was hij er niet zo snel vandoor gegaan het bos in', zegt Rinke nuchter, met duidelijke opluchting in haar stem, 'daar kunnen we nu niets meer aan doen, maar ondertussen zit de auto wel vast in die greppel. Laten we toch proberen om te keren, terug naar de provinciale weg.'

'Daar hebben we tenminste straatverlichting in plaats van deze donkere hobbelige weg die God weet waar uitkomt', merkt Esther wijs op. Ondertussen heeft Priscilla alleen met grote ogen zitten kijken naar wat er midden op de weg gebeurde maar geen woord meer uitgebracht.

'Dus ik heb niet iemand of iets vermoord?', vraagt ze voorzichtig aan de anderen. 'Als hij richting de bosrand kan rennen is hij redelijk ok, toch? Het komt wel goed met hem?' Esther zucht even en Rinke kijkt naar de grond en schuifelt onhandig met haar voet in het zand.

'Laten we proberen verder te gaan, we kunnen nu toch niets anders doen', zegt Esther op verstandige toon.

'Ik rijd wel', zegt Rinke beslist, 'we keren terug naar de provinciale weg en vinden wel een hotelletje'.

De drie meiden keren terug naar de auto, Rinke zit nu achter het stuur en Priscilla zit achterin te mokken, maar trekt even later bij. Rinke draait het contactsleuteltje om en de radio

7

springt aan, Tracy Chapman weer met Fast Car, net als in de kroeg een week geleden. Alleen nu is de auto niet zo snel als in de plannen die de meiden toen maakten. De auto wil niet meer starten, de motor maakt een diep pruttelend geluid dat uit het binnenste van de motor lijkt te komen en de auto gaat niet meer voor- of achteruit. Ze zijn gestrand in Friesland.

'Ook dat nog', zucht Esther, 'eerst een aanrijding en nu dit. Ik wil gewoon slapen, het kan me niet eens meer schelen waar, al is de auto misschien een beetje koud, maar een andere optie zie ik niet op dit moment.'

Priscilla jammert dat ze het koud heeft en de anderen hebben het ook niet al te warm. Net als Esther zich wil uitstrekken op de achterbank, met haar trouwe donkerblauwe Kasjmir sjaal vaster om zich heen getrokken, duikt de auto plotseling iets dieper de greppel in en schiet ze overeind. 'Dit gaat niet werken, voor we het weten liggen we straks op de kant in de greppel en komen we de auto niet meer uit!'

'Wat stel je dan voor wat we gaan doen? Wachten tot er iemand voorbij komt of zo? In deze uithoek komt vast nooit iemand, we hebben na de provinciale weg, toen we de afslag namen, geen auto meer gezien', merkt Rinke op. 'We moeten de weg maar volgen en kijken of we onderdak voor de nacht kunnen vinden, in ieder geval iets waar het droog is en waar we beschutting kunnen vinden.'

'Ik blijf liever in de auto hoor, hier is het tenminste warm en die stoelen zijn niet verkeerd', pruilt Priscilla en trekt haar onderlip weer naar beneden. 'Ik wil niet naar buiten, ik hoor enge geluiden en het wordt te snel koud hier in het noorden. Je weet ook nooit wat je tegenkomt in het bos en een aanrijding is genoeg voor een avond'.

'Dan blijf jij toch lekker hier', merkt Rinke schamper op, 'wij pakken zo wat spullen bij elkaar, een extra dekentje misschien en gaan op pad, dan pikken we je morgenvroeg wel weer op'.

'Als we de auto tenminste terug kunnen vinden', voegt Esther daar enigszins grijnzend aan toe, terwijl zij net als Rinke voorzichtig uitstapt en daarbij haar tas uit de auto trekt. Ze lopen naar de voorkant van de auto om te zien of er schade is ontstaan door de aanrijding van zonet, maar ze kunnen niets vinden. Rinke haalt haar schouders op, beent naar de achterkant van de oude Volvo, haalt haar bagage uit de achterbak en slaat deze met een klap dicht, die echoot tegen de bomen. Gelukkig is de maan bijna vol, het zal nog iets van vier dagen duren tot ze helemaal tot volle wasdom is gekomen, waardoor de weg een beetje verlicht is en er enig contrast is tussen de weg en de bosrand.

'Kijk eens hoe mooi de sterrenhemel is nu, tussen de wolken door. Dan kunnen we niet verdwalen zolang we de poolster maar in het vizier houden. Ik heb alleen geen idee welke dat is en je zult net zien dat ze achter een boom verstopt zit, of achter een dikke wolk', zegt Rinke. Priscilla is ondertussen toch ook de auto uitgekomen, heeft daarbij ook haar tassen gepakt maar niet alles want dat is te veel om mee te nemen en volgt haar vriendinnen op enige afstand. Ze ziet het helemaal niet zitten om door de donkere nacht te moeten lopen over een zandweg, terwijl ze niet weet waar ze is of hoever ze moeten lopen. Bovendien doen haar voeten nu al zeer, laat staan na een uur lopen door dit enge bos met ie- mand die ze heeft aangereden en nu ergens onder een boom ligt te creperen. Een rilling trekt over haar rug naar beneden waardoor het lijkt alsof haar panty een schok van statische elektriciteit toedient aan haar bovenbenen. Als er iets is waar ze niet tegen kan is het wel kippenvel en ze begint de ande- ren in te halen. Ondertussen begint het zacht te regenen, maar geen van drieën klaagt want ze kunnen niet terug naar de auto en schuilen tegen de motregen die gestaag neerdaalt heeft geen enkele zin. Langzaam maar zeker raken alledrie de meiden vermoeid na de lange dag en kunnen ze allen rust gebruiken, maar zakt de moed ieder van hen in de schoenen.

9

De tassen worden zwaarder en met elke stap lijkt de regen harder te worden en meer door het bladerdak heen te komen. Het wordt hoog tijd dat er onderdak gevonden wordt. Tussen de bomen houden ondertussen twee ogen hen in de gaten maar de meiden hebben het te druk met zichzelf om dit door te hebben.

'Volgens mij zag ik net licht, iets verderop tussen de bomen door, het zou een boerderij kunnen zijn of een huis', roept Rinke opgetogen.

'Ik zie het ook, een vaag schijnsel, dat wel, maar onmiskenbaar een gebouw en niet te vroeg want ik begin zeiknat te worden. Het moest niet lang meer duren of ik was terug naar de auto gegaan en had daar gewacht tot de zon opkwam', zucht Esther duidelijk vermoeid en met zekere loomheid in haar stem.

Priscilla doet er nog steeds het zwijgen toe, maar gaat door dit goede nieuws iets rechterop lopen tussen de anderen in. Na een kleine tweehonderd meter wordt de begroeiing dunner en wordt de omtrek van een groot huis zichtbaar tegen de bewolkte hemel. Het is geen gewoon huis maar onmiskenbaar een klassieke Friese kop-hals-romp boerderij. In plaats van slechts een enkele verdieping van het woonhuis met puntdak, heeft het twee hogere verdiepingen met minder schuin dak. In het weinige licht dat er is werpen de bomen om het huis heen enkele griezelige traag bewegende schaduwen op de gevel.

'We kunnen vast niet meer aanbellen, het licht is uit binnen en het is hier akelig stil. Hoe laat is het eigenlijk? Heb jij de tijd bij de hand?'

'Het is al na middernacht nu en het is hier op het platteland sowieso niet de gewoonte bij de voordeur aan te bellen. We gaan gewoon achterom en kijken wel of de deur open is. De schuur is vast niet op slot en op dit moment onze enige logische optie.'

10

'Ik vind het al lang best, zolang ik maar mijn natte kleren op kan hangen en kan laten drogen en mijn schoenen uit kan doen, ze knellen weer heel erg en volgens mij heb ik een blaar.'

De stilte rond de boerderij is drukkend en de lucht voelt zwaar aan, het wordt moeilijker om te ademen en de lucht is klam van de motregen, die meer en meer lijkt op een traag neerdalende mist die in dikke slierten op het donkere landschap neerdaalt. De achterdeur zit inderdaad niet op slot en gaat licht piepend open. De meiden schuifelen een voor een naar binnen. Door het weinige licht dat naar binnen schijnt worden net de contouren van grote balen hooi zichtbaar, waarop ze plaatsnemen en zich vermoeid achterover laten vallen in het hooi.

'Kun je ook even licht schijnen in mijn tas Priscilla? Voordat je batterij leeg is en we alledrie geen licht meer hebben? Ik wil namelijk ook graag mijn natte spullen even uitspreiden en laten drogen, op het hooi welteverstaan.'

Met enige tegenzin schijnt Priscilla uiteindelijk dan toch met haar mobiel op zowel de spullen van Esther als van Rinke, daarbij telkens de rode knop indrukken zodat het kleine schermpje van haar nieuwe Nokia 6150 verlicht blijft. 'Gezellig en comfortabel is anders maar het is hier tenminste droog, al ruikt het hier muf en naar paard. Als ik niet uitkijk krijg ik weer last van m'n astma. Er zitten hier toch geen beestjes in het hooi? Het hooi prikt wel hoor, ik ga op dit dekentje liggen in plaats van eronder.'

'Priscilla ga slapen, alsjeblieft, we zijn alledrie moe.'

Op wat zuchten en gedraai in het hooi na wordt het stil in de schuur. Buiten blijft de regen gestaag neerkomen uit de steeds dikker wordende bewolking. Niet al te ver weg roept dezelfde uil als eerder in het bos of, voor wat het waard is, een andere.

11

II

Ongeveer een week eerder hadden de drie meiden afgesproken in café Ot en Sien aan de Buiksloterweg in Amsterdam Noord. Ze kwamen hier vaker, omdat de omgeving veel minder druk is dan in het centrum van de stad, voor de typische sfeer, goede met zorg gezette koffie en Dirk, de barman. Eind 19ᵉ eeuw was het pand gebouwd als koffiehuis voor arbeiders die meewerkten aan de bouw van het Noord-Hollandsch Kanaal en altijd blijven bestaan. Het pand was in de loop van honderd jaar niet veel veranderd, alleen een beetje verzakt maar dat droeg bij aan de gezellige sfeer. In de winter zaten de drie vriendinnen het liefst zo dicht mogelijk bij de zwarte kachel, beide handen rond een hoog glas warme chocolademelk, een kleurrijke sjaal om de schouders geslagen. De immer goedgehumeurde barman schonk zowel bier als koffie of warme chocolademelk in hoge glazen, alsof er niets anders voorhanden was. Alleen de cappuccino werd in een kopje geschonken. De barman had een nuchtere instelling, stug grijs haar en hield zo te zien wel van het bier waar ook de meeste vaste klanten voor kwamen. Als het niet koud was en de noodzaak zich niet aandiende om bij de kachel in de buurt te zitten, zaten ze meestal bij de deur, om te zien wie er binnenkwamen en om weinig last te hebben van de rook, om Priscilla te ontzien. Als de zon scheen zaten ze het liefst buiten op de dijk maar binnen was het knus en werd je er sneller met rust gelaten als je duidelijk uitstraalde dat je geen behoefte had aan ongevraagde aandacht. De inrichting bestond uit, zoals zoveel bruine kroegen in Amsterdam, veel versleten houten tafels, dito stoelen, een smoezelig okerkleurig plafond, verkleurd door de rook, blikken reclameplaten voor bier aan de muur en gedempte verlichting door lampen met bleek opaak glas. De houten lambrisering langs de muren was donkerrood geverfd, er was het nodige koper en natuurlijke de eeuwige mateloos irritante fruitautomaten achter in de hoek. Het waren ook altijd

13

dezelfde figuren die zich daarop uitleefden, er klappen op gaven en luid vloekten als het automaat een gat had geslagen in hun budget dat voor bier was bedoeld. Kenmerkend voor café Ot en Sien waren de vele platen aan de muur uit de gelijknamige kinderboekenserie waarnaar de kroeg was vernoemd. Ook hing er een origineel aap-noot-mies leesplankje en enkele verkleurde platen met boerderij taferelen. De kinderboekenserie was overigens niet zo onschuldig als op het eerste gezicht leek. Veel teksten kregen een andere lading als je er met volwassen ogen naar keek. De avonturen van de twee kinderen werden van een andere aard als ze elkaar gingen ontdekken of uitkleden en dan door het gat in de heg naar een andere wereld kropen. Dat was duidelijk een metafoor. De drie vriendinnen lazen de serie graag en Fantaseerden hoe Ot er uit zou zien als twintiger, als een stoere tuinman, een blozende boerenjongen of eerder een lekkere vent in uniform. De muziek was gemengd met veel bekende hits van het moment, zoals *In de wolken* van De Kast, *Mambo no. 5* van Lou Bega, *Man! I feel like a woman* en *That don't impress me much* van Shania Twain. De Vengaboys en Britney Spears waren ook erg populair op het moment, maar kwamen hier minder vaak voorbij. Shania Twain gaf tenminste de impressie dat vrouwen het heft in eigen hand konden nemen en plezier maken waar en wanneer hen dat uit kwam. Ze kwam krachtig over en had inspirerende teksten. Twee van de drie vriendinnen hadden hun vriendje, dat niet langer beviel, aan de kant gezet dus ze konden goed meevoelen met de muziek. Daarnaast waren ze tot voor kort collega's geweest op hetzelfde kantoor, niet in een baan die geweldig was, maar het betaalde tenslotte de huur. Het werd tijd om meer voor zichzelf op te komen, het werd tijd om er even tussenuit te gaan, het werd tijd om even de stad uit te gaan. Door de speaker klonk ondertussen *Fast Car* van Tracy Chapman, de tekst sloot nauw aan bij de huidige situatie;

> *You've got a fast car*
> *I wanna a ticket to anywhere*

14

Maybe we make a deal
Maybe together we can get somewhere
Any place is better
Starting from zero, got nothing to lose
Maybe we'll make something
Me, myself, I've got nothing to prove

'Jij hebt toch de auto van je moeder te leen, is het niet Rinke? Die oude blauwe Volvo. Jij hebt een snelle auto. Misschien kunnen we met z'n drieën er tussenuit, een paar dagen maar, even de stad uit, ruimte om ons heen en even ademhalen na al het gedoe met kantoor en de jongens. Misschien kunnen we iets bedenken samen. Het kan mij niet zoveel schelen waarheen. Elke plaats is even beter dan hier in Amsterdam. Opnieuw beginnen, zonder veel te verliezen.'

'Ik weet het niet hoor, af en toe hier in de kroeg of een dag op kantoor dat gaat nog wel, maar de hele dag in de auto en overnachten? Wil je kamperen dan? Nee toch zeker?'

'We hoeven toch niet meteen kamperen. Dat zeg ik toch helemaal niet. Ik bedoel, gewoon, er tussenuit en de boel de boel laten. Ik heb echt even verandering van omgeving nodig en volgens mij zijn jullie daar ook hoognodig aan toe. Wat hebben we nou helemaal te verliezen?'

You've got a fast car
Is it fast enough so we can fly away?
We gotta make a decision
Leave tonight or live and die this way

'Waar willen jullie naartoe dan? Mij lijkt Friesland wel leuk, dan heb je nog het gevoel dat je in het buitenland zit, door de taal hè. En we kunnen gaan zeilen of zwemmen, meren en water genoeg daar. Of lekker in het bos wandelen bij Appelscha.'

'Laten we inderdaad een beslissing nemen, zoals in het liedje op de radio, alleen is vanavond vertrekken misschien een beetje snel. We kunnen bijvoorbeeld zaterdag vertrekken.'

15

'Het is natuurlijk wel koud hoor, 's nachts bedoel ik dan, dus ik moet een trui mee, misschien een winterjas, zomerjurkjes voor overdag maar ook een warm vest en kousen, of liever nog een maillot, met of zonder ribbels en natuurlijk die ene rok of toch ...'

'Denk nou even praktisch na Priscilla, we gaan maar een week weg dus zoveel verschillende kleren hoef je echt niet mee te nemen, we gaan bovendien niet kamperen dus relax.'

'Oja, en omdat we niet gaan kamperen hoef je geen verzameling blikjes met thee mee te nemen, we vinden onderweg heus wel een café of restaurant waar ze kruidenthee hebben of iets waarvoor je niet allergisch bent.' Esther legde even haar hand op Priscilla's schouder en gaf een bemoedigend en moederlijk kneepje. Rinke trok een lang gezicht, keek de andere kant op en probeerde haar lachen in te houden, al zag ze het nog niet direct zitten om met haar vriendinnen een week dwars door Nederland te rijden.

'Kunnen we niet een lang weekend gaan?' opperde Rinke nog, 'ik ben tenslotte de enige die een rijbewijs heeft en ik weet niet of mijn moeder het wel zo'n goed idee vindt ...'

'Onzin', onderbrak Esther haar, 'Ik heb misschien geen rijbewijs maar Priscilla wel, ook al gebruikt ze het nooit, is het niet Pris?' Zowel Esther als Rinke keken Priscilla aan die een rood hoofd kreeg en probeerde een laatste druppel thee uit haar glas te krijgen waarbij ze zich bijna verslikte. Ze zette haar glas neer en keek verontschuldigd en enigszins verlegen naar haar vriendinnen.

'Ik heb weliswaar een rijbewijs maar heb al jaren niet meer gereden, ik weet niet of ik het nog wel kan hoor, bovendien is het vast het druk op de weg en ...'

'Je hebt een rijbewijs en daar gaat het om, dan ben ik niet de enige die hoeft te rijden, ik krijg snel last van mijn ogen als ik me lang moet concentreren, zodra we buiten de stad zijn kunnen we ook B-wegen nemen, de provinciale wegen zeg maar. Daarop is het veel minder druk en dat lukt je wel. Ik heb er het volste vertrouwen in.'

Priscilla pruttelde nog wat maar stemde toe. Ze zou haar rijbewijs meenemen zolang ze maar niet in de stad hoefde te rijden.

'Hoe laat spreken we zaterdag af? En waar zal ik jullie oppikken met de auto? We kunnen elkaar hier weer ontmoeten, voor het café, om een uur of tien?'

'Is goed, zien we elkaar zaterdagmorgen. Ik neem wel iets lekkers mee voor onderweg. Als een van jullie nou pakjes drinken meeneemt.'

'Tien uur is goed, ik zal proberen niet te veel spullen mee te nemen.'

De drie vriendinnen rekenden af bij de barman waarbij Esther het niet kon laten tegen hem te zeggen dat ze samen een paar dagen ertussenuit zouden gaan. Hij grinnikte, wenste ze een goede reis en liep vervolgens licht hoofdschuddend terug naar de bar. Hij was te jong voor haar, maar ergens had hij wel iets. Voorlopig even niet aan mannen denken. Ze had net haar laatste minnaar aan de kant gezet toen hij te veel dingen in haar leven wilde beheersen, daar moest je bij haar niet mee aankomen. Als je alleen al naar ze kijkt denken sommige mannen al dat je hen verkracht. Eerst een paar dagen ertussenuit en dan maar verder zien.

Buiten was het schemerdonker en de lucht kleurde langzaam diep donkerblauw met aan de horizon oplichtende roze strepen van het laatste restje zonlicht van die dag. Het was alsof de zon zich met een diepe zucht achter de horizon liet zakken en geen krachten meer over had om zich nog ergens aan vast te houden. Terwijl Esther en Priscilla richting de pont fietsten liep Rinke de andere kant op, met aan haar linkerhand het Shell gebouw, over de Hagedoornweg naar de bloemenbuurt.

III

Het was de avond voor het vertrek naar Friesland, de laatste spullen werden gepakt of in elk geval klaargelegd. In haar huis in de museumbuurt, dichtbij het Vondelpark en de chique Van Eeghenstraat, zat Ester achter haar vleugel. Het appartement is in het geheel niet ingericht op zo'n groot gebruiksvoorwerp, maar een gedeelte van de zithoek is er ooit voor opgeofferd. De vleugel heeft een diepe mahoniehouten glans en staat op viltjes die Esther ooit heeft meegenomen uit een kroeg. Waarschijnlijk café Gruter aan de Willemsparkweg, waar ze vaak koffie drinkt in het overdekt terras aan de straat. Voor de rest staan er enkele kasten in de kamer van dezelfde kleur hout als de vleugel. Tussen de meubels staan enkele grote kamerplanten die het een gezellige en sfeervolle uitstraling geven. De inspiratie liet Esther een beetje in de steek want ze wist dat ze eigenlijk haar tas moest inpakken voor de komende ochtend. Ze twijfelde te veel over wat ze mee moest nemen, terwijl ze helemaal niet zoveel kleren heeft. In elk geval droeg ze vaak hetzelfde en wat lekker zit tijdens een autorit is wel zo praktisch. Ze aaide even de chanuka die op de vleugel stond, zuchtte eens diep, liep naar de slaapkamer en pakte met zichtbare tegenzin haar koffer uit de kast. Ze legde de koffer op bed, liet de sluitingen even een heldere klik geven en de klep viel loom open naar achteren. Ze streelde de zijde waarmee de koffie aan de binnenkant was bekleed. Het is dezelfde soort stof die vaak voor de binnenkant van doodskisten wordt gebruikt, dacht Esther. Dus eigenlijk was de reiskoffer een soort doodskist voor spullen en kleren. Ze rilde even bij die gedachte, maar tegelijkertijd wond het haar ook op. Ze veegde een haar van het voorhoofd die haar al enige tijd irriteerde en pakte kleren uit de kast die ze de komende dagen wilde dragen. Ze kon nog niet besluiten wat meeging en wat morgenochtend aan te trekken op de eerste dag. Ze voelde de twijfel groeien en knijpen in haar onderbuik, een onaangenaam gevoel. Het eerste deel van de reis bestond uit de tram nemen, nummer vijf of twee, naar het station en dan de pont. In de ochtend is het vaak nogal fris op de pont. Esther besloot een drietal vesten alvast in de koffer te leggen, daarnaast verdween er ondergoed in de koffer en hemdjes, kousen, boeken, toiletspulletjes en een föhn. Hoe voller de koffer werd, hoe meer inspiratie en jeukende vingers ze kreeg. Ze nam weer plaats achter haar vleugel, ze begon met Schuberts *piano Sonata D. 960* en ging via improvisatie over in *Hava Nagila*, een lied dat haar deed denken aan haar familie. De vleugel deed op dit soort momenten dienst als haar stem en haar mond deed er het zwijgen toe. Soms was de vleugel juist een andere stem die vorm kreeg en tegen haar sprak. Blijkbaar waren de buren niet zo blij met haar pianospel zo laat op de avond, want de buurvrouw schreeuwde van beneden en bonkte met een bezem of stok tegen het plafond, recht onder de vleugel. Grappig dat de onderbuurvrouw bijna het juiste ritme wist te pakken en steeds sneller ging bonken, zich uitleefde op het plafond alsof ze een plek wilde veroveren in een orkest. Esther paste haar snelheid van spelen aan en grinnikte. Ze besloot om iets harder te gaan spelen en even in het Hebreeuws mee te zingen. Tenslotte speelde ze nog een stukje van een oude Joodse wals. Soms klopt de onderbuurvrouw aan de deur, vaak met de krulspelden nog in het haar, vanavond gelukkig niet. Esther vond de onderbuurvrouw bedreigend, met haar flanellen duster en wrede trekken om de mond, waaruit een schelle snerpende stem klonk. Niet alleen de onderbuurvrouw vond ze bedreigend maar meer mensen in haar omgeving, niet haar vriendinnen en familie, maar winkeliers en oud-collega's bijvoorbeeld of mensen op straat. Onderweg in Friesland zou alles wel meevallen. Friezen waren onbenaderbaar dacht Esther en waren erg op zichzelf. Toen de onderbuurvrouw haar protest had gestaakt stond Esther op van de piano en sjokte terug richting de slaapkamer voor de volgende poging tot het inpakken van haar tas. Ze besloot kleren mee te nemen die haar lekker zaten en ze vaak droeg. De volgende ochtend kon ze altijd nog iets extra's meenemen of achterwege laten. De twijfel die tot dan toe sluimerde en met succes genegeerd werd sloeg nu in alle hevigheid toe. Was het beter om helemaal niet mee te gaan met haar vriendinnen, was het wel een goed idee? Was ze niet te lastig omdat zij geen rijbewijs had en de anderen wel? De kramp in haar onderbuik nam toe en veranderde in een zeurende buikpijn. Die koffer moest ze maar laten voor wat het was nu. Ze sleepte de koffer van het bed en duwde deze in een halfslachtige poging half onder het bed. Vervolgens probeerde ze Rinke te bellen over het exacte tijdstip van vertrek, was het nou tien uur of toch later? De lijn was in gesprek.

Aan de andere kant van het centrum, in Amsterdam Oost in de Indische buurt, kon ook Priscilla geen besluit nemen over de inhoud van haar koffer. Als die Volvo toch een grote kofferbak had kon ze toch net zo goed ook nog een reistas meenemen? De anderen namen waarschijnlijk toch geen hele grote koffers mee. Priscilla opende haar kast, liet verschillende kledingstukken door haar handen gaan en vroeg zich af wat voor weer het ging worden de komende dagen. Ze had eigenlijk wel zin om jurkjes met bloemetjes erop mee te nemen, die waaiden zo lekker op en pasten wel op het platteland. Met 's avonds een vest erover, of toch liever een jas? Hoe koud werd het in Friesland? Toch maar een dikkere jas dan haar spijkerjasje meenemen, voor alle zekerheid. Schoenen op hoge hakken waren niet praktisch maar wel mooi en moesten maar mee omdat ze anders helemaal alleen in haar kamer bleven staan. Waarom waren haar ouders nu net vanavond uit? Nu kon ze haar moeder niet om advies vragen. Toch maar mooie hakken mee, en ook praktische gympen waarin ze minder snel blaren kreeg, maar na een paar uur toch wel. Veel vriendinnen liepen op flipflops maar dat irriteerde tussen haar tenen en ze kreeg er uitslag van. Sandalen konden wel mee en hoge laarzen die eigenlijk eerst gepoetst moesten worden. Wat in ieder geval meeging was haar beautycase met crèmes en andere cosmetica. Monsters van cosmetica waren handig op vakantie maar kreeg ze nooit goed open en de halve inhoud liep er dan al uit, die liet ze dus achterwege. Priscilla zuchtte en liep de steile trap af naar beneden naar de keuken. Ze zette water op voor thee en staarde uit het keukenraam naar de binnentuin van het woonblok. Toen de fluitketel begon te fluiten zette ze het gas laag, zuchtte nog eens diep, onderdrukte een nies, nam een zakje kamillethee wat ze in de theepot hing en schonk er kokend water overheen. Totdat de thee getrokken was stond ze met haar rug tegen het aanrecht en staarde weer naar de binnentuin. Het rolgordijn aan de rechterkant liet ze angstvallig naar beneden want de buurman aan die kant probeerde met zekere regelmaat naar binnen te kijken. Eén keer had hij haar gezien toen ze onder de douche vandaan kwam en hij onverwacht toch thuis was midden in de week. Sindsdien wikkelde ze zich in een handdoek na het douchen en verzekerde zich ervan dat er geen inkijk was in de slaapkamer. Ze zou zo eens haar moeder bellen om er zeker van te zijn dat ze niets vergat in te pakken, ze had haar al zeker een dag niet gesproken. Vanaf de bank keek ze de kamer rond, een mengeling en samenraapsel van spullen die haar vader had meegenomen van zijn verschillende reizen, haar stiefvader welteverstaan want haar echte vader sprak ze nauwelijks, alleen haar oma en haar zussen, in Roemenië. Als het aan haar stiefvader lag had ze al lang op kamers gewoond of een eigen appartementje gehad, maar de gedachte alleen al aan geheel zelfstandig wonen stond haar tegen en verergerde haar allergieën. Het huis was zo vol, er was geen stukje vloer meer te zien door de dikke tapijten die er lagen en het geluid was zo gedempt, dat fijnzinnige muziek luisteren nagenoeg onmogelijk werd. Aan de muren hingen verschillende schilderijen, waarvan enkele door haar moeder en Priscilla zelf waren vervaardigd. De boekenkast met de glazen deuren stond ook vol met beeldjes, fotolijstjes, stukken steen, zeesterren, mineralen, een imitatie Fabergé ei en andere vage curiosa. De geur van de kamillethee vermengde zich met de lichte geur van tabak en zwaar parfum. De kamer was een afspiegeling van een woonwagen geworden in de loop der tijd, de vorm klopte natuurlijk niet maar de inrichting wel en de sfeer was nagenoeg gelijk. Een echt huis had wel veel voordelen ten opzichte van de woonwagen waarin Priscilla was opgegroeid maar de gezelligheid en intimiteit zoals die alleen kan bestaan tussen de verschillende woonwagenbewoners had je niet of nauwelijks in een woonwijk. In Oost waren wel verschillende culturen aanwezig met elk een eigen sfeer en de buurt had daardoor een rijke lappendeken aan winkeltjes en eettenten. Aan de tijd in Roemenië had Priscilla zelf weinig herinnering, gezien het feit dat ze verhuisd was toen ze ongeveer zeven jaar oud was. Haar moeder kon er mooie verhalen over vertellen, maar heimwee kon Priscilla niet opbrengen. Toen ze genoeg had weggedroomd, stond ze op en liep naar de telefoon om haar moeder te bellen, 'Mama Bunâ, eu sunt ...'

In Amsterdam Noord lag Rinke languit op de doorgezakte kleurloze bank een beetje te zappen. Sinds het uit was met Michiel wist ze niet meer goed wat te doen met zoveel tijd 's avonds. Misschien zou ze weer eens een cursus op kunnen pakken? De laatste twee cursussen had ze nooit afgemaakt, toch wel zonde van het geld want de betaling liep gewoon door. Waarom was ze ook zo laks met cursussen en abonnementen opzeggen? Ook zou ze haar tas moeten inpakken voor morgen. Die grote rugzak waarmee ze ooit in de bergen was geweest met Michiel was het handigst, alleen moest ze die nu wel zelf tillen, maar eigenlijk alleen naar de auto. Inpakken is wel het laatste waar ze zin in had, dat kon morgenochtend ook nog wel, al was ze absoluut geen ochtendmens. In de kamer stonden alleen tweedehands meubels, geld voor nieuwe had Rinke op dit moment niet en bovendien was het helemaal niet belangrijk om echt mooie spullen te hebben vond ze. Dat ze er vaak opmerkingen over kreeg kon haar weinig schelen. Spullen weggooien terwijl ze nog door een ander gebruikt konden worden vond ze veel erger en daarom ontfermde ze zich over spullen die ze aan de straat vond of in tweedehands winkels. Niet alleen meubels en keukengerei, maar ook kleren zoals truien uit de jaren zeventig. De kamer, die ze bovendien in onderhuur had, had gelukkig een eigen douche en wc. Dat was ook wel nodig, want haar huurbaas was er zo een die zei dat ze de huur ook wel op een andere manier kon voldoen. Hem aangeven wegens het haar lastig vallen kon niet, omdat ze de kamer in onderhuur had. De komende dagen zou haar halfzusje tijdelijk in haar kamer logeren en zij was niet bang voor de foute huurbaas, zij had tegen alles en iedereen een grote bek. Het kind was een beetje sociaal ontspoord vond Rinke, maar hun moeder wilde er geen kwaad woord over horen. Ze ging al uit toen ze veertien was en had toen ook al vriendjes, aan de lopende band. Haar zusje deed dingen die Rinke nooit zou durven, zoals alleen op vakantie gaan en liften. Rinke had sowieso het gevoel dat ze voor veel dingen het lef niet had en kreeg dat ook vaak om de oren geslagen door haar moeder. Die onafgemaakte cursussen was ze alleen maar gaan doen omdat haar moeder haar daartoe had aangespoord. Ze durfde echter niet toe te geven dat ze er mee gekapt was. Alles wat haar zusje ondernam, lukte haar ook altijd. Rinke was eerder iemand die dingen ondernam, maar in de stress schoot en kleine ongelukjes overkwam. Iedereen fietste in Amsterdam wel eens zonder licht of op de stoep, helemaal in Amsterdam Noord, terwijl juist zij werd aangehouden daarvoor. Hoe konden zij en haar halfzusje nou zo verschillend zijn? Het was wel duidelijk dat ze een verschillende vader hadden. Dat haar ouders vroeg gescheiden waren, verbaasde haar helemaal niet, omdat ze zelf ook altijd ruzie had met haar moeder aan de telefoon. Het was een wonder dat ze de auto een week kon lenen. Ze was blij dat ze niet meer met haar op de woonboot woonde, verderop in Noord. In de winter was het er altijd steenkoud, vriendinnen tegen wie ze klaagde over de enge pont zeiden dat ze toch een eigen boot had die ze kon nemen en dan die dunne loopplank die bewoog. Het enige dat ze miste waren de waterhoentjes voor het raam die ze 's winters voerde. Misschien moest ze vanavond maar eens vroeg naar bed, morgen vroeg op en de hele dag rijden. Priscilla kon ook wel rijden, maar om haar over te halen zou niet meevallen. Rinke checkte nog even of de deur van haar kamer op het schuif-slot zat, de huurbaas was tenslotte een keer binnen gekomen toen ze onder de douche stond. Ze kleedde zich uit en stapte de douche in. 's Morgens vroeg douchen beviel haar niet zo. Het fijnst was toch fris gewassen onder de lakens, daar kon niets tegenop.

IV

Midden in de nacht schrok Esther wakker en keek om zich heen. Was ze nou al op vakantie of toch nog thuis? Wat een leuk hotel, zo smaakvol ingericht, zulke fijne lakens. Haar koffer stak half onder het bed vandaan en ze realiseerde zich dat die nog niet eens volledig was ingepakt. Ze had teveel getwijfeld over wat ze mee moest nemen en hoeveel van alles. Misschien moest ze er van uit gaan dat ze in hotels sliepen en voor alles gezorgd werd. De anderen namen ook wel proviand en dergelijke mee en er waren voldoende plaatsen onderweg om even te stoppen, want ze kon niet lang achter elkaar in een auto zitten. Onrustig geworden van alle twijfels stond ze op, haalde alle kleren uit haar koffer en gooide ze op een hoop op de vloer. Eén voor een probeerde ze deze weer terug te leggen in de koffer, maar ze pakte halverwege de stapel alles tegelijk weer op en propte het terug de koffer in. Toen ze op de wekker keek en zag dat het nog geeneens zeven uur was kroop ze weer in bed, maar ze kon de slaap niet goed vatten. Ze pakte een thriller van het nachtkastje, *Het Geheugenspel* van Nicci French, sloeg deze open, kroop diep weg onder haar dekbed en begon te lezen. Toen het te spannend en eng werd sloeg ze het boek met een klap dicht en staarde een tijd naar het plafond, totdat het tijd werd om op te staan. Een thriller lezen vlak voor de vakantie was misschien niet een geweldig idee, Esther begon namelijk weer te twijfelen over de reis en of het wel goed zou gaan allemaal onderweg. Aan de andere kant was het verhaal bijzonder spannend en ze legde het boek op de koffer. Net nu ze een keer te vroeg wakker was, ruim een uur voor de wekker, moest ze zich gaan haasten om niet te laat bij de pont te zijn. Ze ging snel douchen, terwijl ze liever een bad nam, stond voor haar kledingkast en kon niet de jurk vinden die ze aan wilde trekken voor onderweg. Ze vroeg zich af of deze misschien in de was zat toen ze zich herinnerde dat ze midden in de nacht haar koffer overhoop

27

had gehaald. Ze draaide zich om, sjorde de koffer met enige moeite onder het bed vandaan en legde deze weer terug op het bed. Ze zag de jurk niet meteen, schudde haar hoofd met de nog natte haren en haalde haar handen er doorheen. Woest woelde ze door haar kleren in de koffer, die in de knoop dreigden te raken en waarvan zeker de helft op de grond belandde. Onder in de koffer, zul je altijd net zien, lag de jurk waarvan ze in eerste instantie dacht dat die geschikt was om aan te trekken voor onderweg, maar de twijfel sloeg weer toe. Ze keek op de wekker en voor verder twijfelen over kleren was nauwelijks meer tijd als ze ook nog koffie wilde voor vertrek. Alle kleren verdwenen in willekeurige volgorde weer in de koffer, het boek en toiletspullen bovenop, waarna Esther er kort bovenop moest gaan zitten om deze dicht te krijgen door de wanorde en chaos binnenin. In de keuken aan de achterkant van het huis, met uitzicht over een binnentuin met mooie grote bomen, zette ze snel koffie en smeerde een boterham. Jammer dat ze geen tijd had om de krant te lezen, die moest dan maar mee in een schoudertas. Na de koffie, waarover ze bijna nooit hoefde te twijfelen of ze dat nu wel of niet wilde, zette ze de beker in een laagje water en spoelde het bord af. Esther trok de deur achter zich dicht, daalde de trap af en liep naar de tramhalte aan de Paulus Potterstraat. Bij die halte gingen twee trams en had ze meer kans dat ze nog op tijd kwam. Hoe langer ze op de tram moest wachten hoe nerveuzer ze werd en hoe meer een lichte paniek zich van haar meester maakte. De eerste tram die voorbij kwam was tram acht en uiteraard buiten dienst. Tram acht bestond niet eens in de huidige reguliere dienstregeling en werd gebruikt in de jaren veertig om Joden mee te vervoeren bedacht Esther zich. Een rilling liep over haar rug naar beneden en ze voelde zich ongemakkelijk. Ze voelde de tram als een slecht voorteken. Rinke had geopperd bij Appelscha te gaan wandelen in het bos. Juist dichtbij dat dorp had haar familie ondergedoken gezeten om vervolgens verraden en afgevoerd te worden. Eenmaal in de tram ging het al beter. Bij het eindpunt hoefde ze alleen maar onder het station door te lopen naar de pont. Waarschijnlijk zou ze Priscilla daar treffen, dan hoefde ze tenminste niet alleen naar de overkant.

Toen Esther nog diep weggekropen onder haar dekbed in haar boek aan het lezen was en niet op de tijd lette, ruim een uur eerder, was Priscilla al opgestaan zodat ze ruim de tijd had om een gezichtsmasker te nemen. Ook voor ontbijt had ze meer tijd nodig, omdat haar maag niet alles kon verdragen zo vroeg in de ochtend, überhaupt niet eigenlijk. Korstjes sneed ze van het brood, muesli mocht niet te hard zijn en koffie verdroeg ze ook niet. Muesli met vruchten vond ze erg lekker, maar de cranberry's viste ze er liever uit. De dag begon voor haar altijd met thee, het liefst twee verschillende soorten. Deze bewuste ochtend had ze moeite haar yoghurt naar binnen te krijgen, omdat de gedachte aan de lange uren in de auto haar keel enigszins dichtkneep. Ze had haar haar al in een knot gedraaid, zodat het niet in de weg zou zitten onderweg en bij het sjouwen van haar koffer. Uit de keuken nam ze meerdere soorten thee mee en stopte deze in een aparte tas, niet bij haar kleren, zodat andere spullen niet de geur van thee overnamen. Daarover zou ze wel opmerking- en krijgen in de auto, maar daar moest ze zich maar niets van aantrekken. Ze was niet iemand die van koffie hield, zoals Esther en Rinke. Naast een beautycase en toilettas had ze nog niet haar reisapotheek klaargelegd. Uit een ander keukenkastje vol regelmatig op elkaar gestapelde witte doosjes, pakte Priscilla wagenziektepillen, pastilles tegen keelpijn, aspirine, insectenwerend middel, pleisters, zonne- brand factor twintig en vijftig, een tekenbeet setje, een waterfilter en nog een kleine verbandtrommel. Door haar immuundeficiënty kwam ze er niet onder uit enige medi- cijnen op voorraad te hebben. Wat ook mee moest was eten voor onderweg, boterhammen waarvan de korst er nog aan zat tegen het uitdrogen en dan natuurlijk een mes. Inmiddels had ze al een koffer met kleren en schoenen, een tas met doosjes en blikjes met thee, een tas met medicatie en ver-bandtrommel en daarin dan een lunchpakket. Meer kon ze niet dragen naar de bus en op de pont, dus hier moest ze het maar mee doen. Ze had nog wel even tijd voor haar tweede kopje thee en als de tijd het niet toeliet, nam ze wel een bus later. De anderen vertrokken toch niet zonder haar.

Op hetzelfde moment toen Esther met haar handen door haar kleren in de koffer woelde en het net niet uit-schreeuwde uit pure frustratie, Priscilla water liet koken voor haar tweede kop thee waardoor ze te laat bij de pont zou komen, trapte Rinke de lakens van zich af. Ook zij staarde even voor zich uit voordat ze diep zuchtte, haar lange benen over de rand van het bed slingerde en zichzelf overeind hees. Even keek ze om zich heen om te zien waar haar kleren, een vale spijkerbroek en roze poloshirt, gebleven waren, toen trok ze deze in een soepele beweging aan. On-dertussen realiseerde ze zich dat ze nog helemaal niets had ingepakt en zoveel tijd had ze niet meer voordat ze bij het café moest zijn. Ze trok haar kledingkast open waarbij er al diverse kledingstukken uit vielen, alleen niet wat ze mee wilde nemen. Zoveel hoefde er ook niet mee, misschien nog een extra spijkerbroek, wat ondergoed, een zomerrok en zomerjurkje, vest en zomerjas die ze meteen aantrok. Aan al die dingen zoals een reisapotheek zou Priscilla wel denken en toch genoeg meenemen voor drie personen of meer. Extra badhanddoeken dan maar, nu er toch ruimte over was in haar rugzak. In die ene zomerjurk vond Michiel haar zo mooi, moest ze die dan juist wel of niet meenemen? Kleef-den er niet te veel herinneringen aan? Of kon ze de oude herinneringen deels overschrijven met nieuwe van de ko-mende dagen? Dan kon net zo goed die andere jurk ook mee. Eerst had ze ernstig behoefte aan koffie, zonder koffie kon ze niet helder nadenken, laat staan wakker worden. Rinke liep met grote passen naar het kleine keukentje op de gang, vulde de percolator met water en koffie en wachtte totdat ze een gezellig pruttelend geluid hoorde. Er was ge-

30

lukkig geen geluid te horen van de buren of haar huurbaas. Nu ze koffie had gezet kon ze beter beredeneren wat ze nog meer mee moest nemen. Ze had bijna haar toiletspullen vergeten en haar mobiel en oplader. In ontbijten had ze helemaal geen zin, maar moest toch, met een lange dag achter het stuur voor de boeg. Met enige tegenzin smeerde ze twee boterhammen en enkele crackers, kauwde langzaam en slikte het met moeite door. Haar halfzusje was er nog niet en daar ging ze nu ook niet op wachten. Het gaf haar een akelig gevoel dat juist zij een reservesleutel had van de kamer, maar het was niet anders. Rinke schreef snel een briefje dat ze achterliet op de tafel, sloot de deur zorgvuldig af, herinnerde zich dat ze geen muziek bij zich had, opende de deur weer en ging met rugzak en al op zoek naar cassette bandjes. Omdat ze geen zin had de rugzak weer af te doen stopte ze de cassette bandjes die ze willekeurig van de grond had opgeraapt in een linnen tasje en beende terug naar de deur. Nu ze alles had kon de deur wederom op slot en liep ze voor de tweede keer naar beneden naar de auto. De Volvo was waarschijnlijk al in geen weken gewassen en het vale blauw was nu eerder grijs. De auto startte meteen en Rinke draaide de weg op richting het café.

V

Centraal station was zo druk op deze bewuste ochtend dat Esther moeite had om van de voorkant naar de achterkant te komen. Mensen botsten tegen haar aan of sneden haar af. En dan had ze ook nog eens die zware koffer bij zich en een schoudertas waarmee ze met moeite haar evenwicht kon bewaren. Iemand schreeuwde nog 'stomme Marokkaan, kun je niet uitkijken!' recht in haar gezicht. Dat gebeurde haar vaker, dat ze voor Marokkaanse werd aangezien. Het zou wel aan haar kromme neus liggen die onmiskenbaar Joods was. Helaas keken de meeste mensen niet verder dan haar neus lang was. Na een wandeling, die misschien vijf minuten duurde maar aanvoelde als een kwartier, kwam ze aan bij de steiger van de pont waar net het fluitsignaal klonk als teken dat de pont ging vertrekken. Esther zuchtte en minderde vaart, over tien minuten ging pas de volgende pont en nu had ze alle tijd om even uit te rusten. Ze zette haar koffer neer en ging er bovenop zitten. Ondertussen vroeg ze zich af of Rinke al stond te wachten met de auto en of Priscilla wel op tijd zou komen, dat was namelijk niet haar sterkste punt. Moe maar ook opgewonden over de reis keek Esther om zich heen en verwonderde zich zoals altijd over de diversiteit van de mensen die haar voorbij liepen en anderen die zich verzamelden voor de volgende pont. Hoe konden mensen zoveel verschillende gezichten hebben en tegelijkertijd toch veel dezelfde gezichtsuitdrukkingen? Waarschijnlijk omdat het nog zo vroeg op de ochtend was en het weer een beetje grauw. Ze grinnikte en probeerde niet te lachen omdat er iemand af en toe haar richting op keek. Ze verborg haar gezicht half in haar sjaal en liet de wind haar gezicht strelen. Ze hield van de wind en de pont, jammer dat die altijd zo snel aan de overkant was. De pont van de overkant legde aan en er was geen Priscilla te bekennen. Esther twijfelde even tussen deze pont te nemen en iets te vroeg in Noord aankomen of liever wachten op de volgende pont, waarbij ze net te laat zou komen, maar misschien met Priscilla. Met haar erbij kon ze misschien minder genieten van de wind, want zij wilde nooit buiten staan en liever binnen zitten. Aan de andere kant vond Priscilla de pont doodeng en vies en wilde liever niet alleen. Esther besloot te wachten, maar toen ze het zelf een beetje koud begon te krijgen stapte ze toch op de pont. Aan de andere kant van het IJ was het opvallend dat het minder druk was dan aan de kant van het centrum. De bebouwing was dunner, minder dicht op elkaar en aanzienlijk lager, afgezien van het lelijke Shell gebouw. De lucht smaakte anders en de wind waaide harder. Esther genoot. Ze zou hier alleen niet willen wonen, net zoals ze graag naar Friesland wilde, maar ze zou haar vleugel er nog niet willen hebben staan. Ze rilde bij die gedachten en trok haar sjaal dichter om zich heen. Even bleef ze stilstaan en liet haar koffer van hand wisselen, haar ene hand was rood geworden van het handvat maar dat zou zo wel weg trekken. Ze passeerde het huisje met het blauwe dak aan haar rechterhand en liep van het kanaal af. Hier was ze al eens verkeerd gelopen en dat zou haar met de zware koffer in de hand niet gebeuren. Na deze huizenrij zou ze eindelijk bij het café zijn. Esther zette de koffer neer, wreef even over haar pijnlijke handen, pakte de koffer weer op met de andere hand en sjokte verder.

Zodra Rinke haar zag begon ze enthousiast naar haar te zwaaien en drukte op de claxon. Het geluid van de claxon was een rauw en schel geluid met een bromtoon erin, alsof er een krolse kat onder de motorkap verscholen zit.

'Zal ik je even helpen met die koffer? Hij ziet er zwaar uit.' Rinke stapt uit en neemt de koffer over van Esther, samen zetten ze deze in de kofferbak naast de rugzak. 'Wat heb je allemaal meegenomen?'

'Oh, alleen kleren en een paar boeken, ik was net begonnen in een spannende thriller, van Nicci French, twee relatief onbekende schrijvers die samen schrijven en het is heel spannend. Ik kan niet een week wachten met lezen maar moet weten hoe het afloopt.'

'Gezellig hoor, samen op vakantie en dan gaan zitten lezen', grapt Rinke, 'Pris is zeker te laat, zoals gewoonlijk?'

'Ik heb nog even gewacht bij de pont en express een pont later genomen, je weet hoe ze is als ze alleen met de pont moet, maar toen ik het koud begon te krijgen op de kade ben ik toch maar zonder haar aan boord gegaan.'

'Groot gelijk, maar we kunnen alvast die kant op rijden hoor, voor hetzelfde geld staat ze bij de pont te wachten.'

Rinke start de auto en het diepe trage pruttelen van de motor doet Esther denken aan een soort grote percolator zoals Rinke thuis in haar kleine keukentje heeft staan. Helaas kan deze grote geen koffie zetten, maar heeft zo enige andere voordelen. Als beide meiden richting de pont rijden, komen ze geen spoor van Priscilla tegen, integendeel, de hele weg naar het IJ is doodstil. Ook aan de kade is niemand te zien. Het enige wat erop zit is wachten. Rinke probeert nog het thuisnummer van Priscilla te bellen, maar er wordt niet opgenomen. Enkele meeuwen scheren over het IJ en vliegen schreeuwend over de auto, alsof ze deze aanzien voor een onbekende vijand en proberen aan te vallen. Binnen in de auto valt de schijnbare aanval van de meeuwen nauwelijks op. Er hangt een lichte lucht van benzine in de auto ruikt Esther, maar dat zal wel horen in zo'n oude auto. Daarnaast heeft ze net de linnen tas met cassette bandjes ontdekt en graait tussen de transparante doosjes waarvan nauwelijks het kleine handschrift te lezen is op de stukjes karton. De aparte geur van de auto is ze spoedig vergeten.

'Oh wat leuk, jaren tachtig muziek, ik heb alles al weggegooid, maar ik vind het wel lekker om naar te luisteren', roept Esther enthousiast en drukt een cassette in de speler. Ondertussen legt net de volgende pont aan en een klein groepje mensen, waarvan zeker de helft met de fiets aan de hand tenzij ze niet eens de moeite hebben genomen om af te stappen, stapt aan wal. Maar tussen deze gezichten is geen Priscilla te bekennen. Even lijkt het er op dat Priscilla ertussen zit als een meisje in een zuurstokroze jas met lichte tred van boord stapt, maar ze is blond terwijl Priscilla tussen rossig blond en karamel in zit.

'Lekker toepasselijk, dit nummer van Richard Marx op de radio, nou ja, op het cassette bandje bedoel ik.'

> *Wherever you go*
> *Whatever you do*
> *I will be right here waiting for you*
> *Whatever it takes*
> *Or how my heart breaks*
> *I will be right here waiting for you*

'Daar zitten we dan, waar ze ook is of wat ze ook aan het doen is, wij moeten hier maar op haar wachten. Als ze ook niet op de volgende pont zit weet ik het ook niet meer.'

Rinke stapt ondertussen uit de auto en slaat de deur hard achter zich dicht en loopt met grote passen naar het water. Heel in de verte, aan de overkant van het IJ, ziet ze een klein kleurrijk figuurtje zwaaien. Dat zal haar zijn, eindelijk, denkt ze bij zichzelf. Als ze het kleine druk bewegende figuurtje aan de overkant uit het oog verloren is loopt ze naar de steiger waar de pont zo gaat aanleggen en gaat met de armen over elkaar staan. Als de pont net iets verder dan halverwege de rivier is ziet Rinke steeds duidelijk dat het Priscilla is, die binnen staat met een veelkleurige sjaal om haar hals geknoopt, waardoor de onderste helft van haar gezicht niet te zien is. Als ze even later van boord wil stappen struikelt ze bijna over het uiteinde van de sjaal en laat daarbij bijna haar koffer uit haar handen vallen.

'Geef maar snel hier, dan leg ik hem achterin.'

'Oh, dankjewel, sorry dat ik te laat ben hoor, de bus was te laat en natuurlijk was de pont net weg en misschien was ik zelf ook een heel klein beetje …'

'Stap maar snel in dan kunnen we gaan, als je meteen even je nieuwe mobiele nummer geeft, dat is wel zo handig. Hoe kun je nou je oude nummer kwijt zijn?'

'Oh, ik kan niet achterin hoor, dat word ik wagenziek, kan Esther niet achterin zitten?' Maar Esther is geenszins van plan te wijken nu ze cassette bandjes aan het uitzoeken is en de ene kreet van vreugde en herkenning na de andere laat klinken.

'Kijk nou, Culture Club! En Kim Wilde!', juicht Esther, schudt met haar lichaam en swingt op haar stoel heen en weer. Normaal zou je de stoel in zo'n geval heftig horen piepen en kraken, maar dat valt nu niet op bij de harde muziek. 'Lekker toepasselijk ook, dit nummer. Goedemorgen Pris, gezellig dat je er bent!', lacht ze.

You came, and changed the way I feel
No one could love you more
Because you came and turned my life around
No one could take your place

'Je mag wel voorin hoor, achter het stuur dus', grijnst Rinke naar Priscilla, bij wie het even duurt voordat het kwartje valt en het gezicht vervolgens betrekt. Terwijl Kim Wilde nog even door zingt en wordt afgewisseld met Gloria Estefan kruipt Priscilla acherin.

'Ok meiden, daar gaan we!'

VI

Zodra ze de stad uit zijn nemen ze niet de snelweg. Ze nemen de kanaaldijk richting Purmerend. Rinke wil de anderen een paar mooie stukken Noord-Holland laten zien. Het heeft wel wat vindt ze, het platte landschap, de duidelijke horizon, de lijnen die het landschap in stukken verdelen. Het eerste stuk weg is geflankeerd door slanke berken, waarvan de witte stammen zacht glanzen in het ochtendlicht. Aan de oever van het Noordhollandsch Kanaal hebben enkele mannen hun tentje opgezet en staan te ouwehoeren en te vissen. Dat soort mannen zijn altijd van een apart slag en de meiden schenken verder weinig aandacht aan hen. De lucht is nu nog bewolkt, met veel verschillende tinten grijs erin, maar de blauwe openingen worden steeds talrijker en opvallender. Het belooft echt een mooie nazomerdag te worden. Aan de overkant van de Dollard, halverwege de kanaaldijk, besluit Rinke het pontje te nemen. Als ze hier linksaf zouden gaan zou de weg wel erg smal worden en wie weet loopt deze wel dood. Rechtdoor is de weg ook erg smal en tegenliggers zijn moeilijk te ontwijken met de toch wel erg brede Volvo. Bij het pontje is een bel maar de veerman heeft hen ondertussen al gezien. Aan de overkant, dus niet de oever waar de Volvo staat, maakt hij de trossen los en trekt via de ketting zijn pont naar de kant toe.

'De oever waar we niet zijn noemen wij de overkant, die wordt dan deze kant zodra we daar zijn aangeland. En dit heet dan de overkant, onthoudt u dat dus goed, want dit is van belang voor als u oversteken moet', citeert Esther Drs. P uit het lied *Heen en Weer*. Priscilla giechelt.

Zodra Rinke met enige moeite de auto op de pont heeft gedraaid, de bocht die ze moet maken is erg scherp, stappen ze alledrie uit en groeten de veerman die iets onverstaanbaars bromt vanachter zijn baard. Hij draagt een donkerblauwe broek en dito jasje. Zijn ogen glimmen van onder de rand van zijn pet die hij ver over zijn voorhoofd heeft getrokken. Zijn grijze haar piept er onderuit. Er staat een zacht briesje op het water die de drie meiden over zich heen laten komen. Het water glinstert door het waterige zonnetje dat door de gaten in de wolken op het water schijnt. Het water beweegt vrij traag waardoor het een stroperige substantie lijkt, alsof iemand met een spatel met matglas heeft zitten spelen. Het heldergeel geschilderde metaal van de pont steekt hier schril tegen af. Binnen enkele minuten zijn ze alweer aan de overkant, betalen de veerman die het verkeer van de drukkere weg voor hen tegenhoudt en even tegen zijn pet tikt als teken van groet. De meiden gaan verder noordwaarts. De kanaaldijk gaat over in de Jaagweg, maakt een knik naar rechts en weer naar links en nog een keer naar rechts en terug naar links. Op de provinciale weg naar Purmerend komen flink wat hits van de jaren negentig voorbij waarvan de meeste worden meegezongen en de sfeer er meteen lekker in zit. In Purmerend zelf is het door het eenrichtingsverkeer even goed opletten hoe ze moeten rijden. De bomen zijn hier heel hoog en buigen licht over de weg heen, ze vormen bijna een tunnel die aan de bovenkant open is en het daglicht binnen laat. Na Purmerend wordt het landschap een stuk landelijker en hier en daar staat een molen los in het weiland, vaak met een bijgebouw en een paar bomen. De drie meiden nemen hier nog steeds niet de snelweg maar de Purmerenderweg die daar aan parallel loopt. Hier hoeven ze niet zo snel te rijden en ze hebben ook helemaal geen haast. Aan de rechterhand bestaat het landschap uit veel sloten met riet en veel bomen. Bij Oosthuizen neemt Rinke de scherpe bochten een beetje te snel en Priscilla gilt op de achterbank en klampt zich vast aan de stoel van Esther, die scherpe bochten wel spannend vindt en het eerder uitkraait van plezier. Inmiddels rijden ze heel dicht langs het Markermeer en krijgen daar wel trek van. Esther haalt Evergreens uit haar tas en deelt deze uit.

40

'Kom op Pris, deze kun je toch wel verdragen? Ze zijn echt heel gezond!'

'Maar rozijnen vind ik echt niet lekker, ik probeer ze er wel tussenuit te halen.'

'Als maar niet de hele achterbank onder de kruimels zit straks, anders laat ik je ze oplikken.'

Voordat ze bij Oosthuizen de weg vervolgen en eigenlijk zo langzamerhand de snelweg op willen rijdt Rinke een klein rondje door het dorpje dat in verhouding een vrij grote kerk heeft van rode baksteen en dichtgemetselde hoge ramen. De kerk heeft geen toren, maar een kleine witte klokkentoren met een uivormige kap. Aan deze klokkentoren is ook een klok bevestigd die alleen te zien is vanuit de juiste hoek vanaf de straat en warempel ook nog gelijk loopt. De rest van het dorpje bestaat uit huisjes die uit een sprookje lijken te komen, uit Hans en Grietje bijvoorbeeld, omdat ze van hout zijn of een gevel hebben die van suikerwerk lijkt te zijn gemaakt. Nu draait Rinke toch de snelweg op, omdat ze anders alleen maar op kleine weggetjes uitkomen en er niet al te veel bijzonders te zien valt in de dorpjes. Ze zetten verder koers naar Den Oever en Esther heeft een cassette bandje gevonden met Spaanse muziek van Estela Nunez. Met haar handen maakt ze een gebaar alsof ze castagnetten vast heeft en wappert met haar sjaal.

'Als je zo beweegt en gebaart kun je wel voor een Spaanse doorgaan.'

'Eigenlijk wel hè? Helaas spreek ik geen woord Spaans en wordt ik op straat en zelfs vanmorgen nog op het station voor Marokkaanse aangezien! Stel je voor.'

'Dat meen je niet!'

'Het gebeurt steeds vaker de laatste tijd, het is net alsof ik verander, volgens mij ligt het aan mijn neus, maar het kan evengoed door mijn houding komen. Ik heb echt geen idee.'

De bomen langs de weg lijken te buigen of in ieder geval schuin te staan door de snelheid van de auto. De fietsers die ze tegenkomen zijn meestal wielrenners die niet wijken, maar Rinke ook niet. Ze krijgen de nodige middelvingers naar hen opgestoken. Alsof hen dat iets kan schelen, want ze zetten gewoon de muziek een stuk harder en zingen even keihard mee. De weg is van hen en dat zullen tegenliggers en wielrenners weten ook! De vaart zit er goed in, ze scheuren met de oude bak van de moeder van Rinke Den Oever voorbij en voordat ze het doorhebben rijden ze op de Afsluitdijk. De bewolking is inmiddels op meer plaatsen opengebroken en de zon laat zich steeds meer zien. De weg is daardoor goed zichtbaar en het water ziet er helder uit. De Waddenzee kunnen ze niet zien omdat die achter een dikke dijk verscholen ligt, maar de drie meiden genieten intens van het weidse uitzicht van het IJsselmeer. Voor de verandering is het wel lekker een lange kaarsrechte weg voor zich te hebben, zonder kronkels en elementen in het landschap die hen afleiden van hun doel. Het enige dat boven het kalme water van het IJsselmeer uitsteekt zijn de stokken waartussen netten zijn opgehangen om vissen te vangen. Hier en daar steekt een stuk net boven het water uit, maar de meeste zitten onder water. Priscilla is de enige die niet van vis houdt en er liever niet over na wil denken hoe vissen gevangen worden en langzaam stikken als ze eenmaal boven water worden gehesen. De anderen daarentegen krijgen trek bij het zien van de netten en willen aan het eind van de afsluitdijk het liefst zo snel mogelijk lunchen. Het is inmiddels begin van de middag en tegen de tijd dat ze iets voor zich hebben om hun maag mee te vullen is het al zeker half twee.

'Hebben we dat ene nummer ook bij ons, van Tracy Chapman?'

'Oja, daardoor zijn we eigenlijk op reis gegaan, even zoeken, het moet hier ergens tussen liggen. Nu kunnen we tenminste de tekst lekker meezingen.'

You've got a fast car
I wanna a ticket to anywhere

Als ze Breezanddijk voorbij rijden zijn ze eigenlijk al in Friesland, al is dat dan nog nergens aan te merken. Van de camping hier gruwelen ze alledrie, zo in the *middle of nowhere* en de caravans zo dicht op elkaar. Op de uitloper het IJsselmeer in staan gebouwen die aan bunkers doen denken.

'Zijn we er nu? Is dit de kust van Friesland? Dan kunnen we zo even de benen strekken.'

'Helaas, dit is slechts een eiland halverwege, maar we kunnen zo wel even stoppen hoor.'

Rinke draait de weg af en hier houden ze een korte pauze, even lekker uitwaaien aan het water, maar de temperatuur valt tegen dus ze stappen snel weer in. Na deze korte tussen-stop maakt de dijk een bocht naar rechts en staan ze stil in een file. Het verkeerslicht staat op rood en ze moeten wachten voor de open brug. Er moeten heel wat masten doorheen en doordat ze dezelfde snelheid hebben lijkt het alsof het één lang schip is dat door de smalle opening van de brug moet. Ze staan nu op het eiland Kornwerderzand met aan de rechterhand enkele huisjes met een oranje dak waar-uit kleine dakkapellen steken. De masten van de voorbij komende schepen lijken door de daken van deze huisjes heen te steken.

'Oh, hier heb je dat museum met al die bunkers, hoe heet het ook alweer.'

'Bedoel je het Kazemattenmuseum? Daar hebben ze originele verdedigingswerken uit de jaren dertig, er is flink gevochten en de sporen daarvan kun je nog goed zien.'

'Mij krijg je zo'n bunker niet in hoor, te benauwd en te veel herinneringen.'

Als de slagbomen van de brug weer omhoog gaan rijden ze verder en doen er de rest van de Afsluitdijk het zwijgen toe.

Zodra ze echt op het vaste land zijn neemt Rinke de afslag naar Harlingen en rijdt een stuk langs de kust. Omdat ze achter een dijk rijden zien ze weer de zee niet, maar wel stukken van het Friese landschap met veel losse boerderijen die altijd vergezeld worden van groepjes hoge bomen.

VII

Eenmaal binnen Harlingen is het niet ver naar het centrum en de haven. Het asfalt van zonet heeft inmiddels plaatsgemaakt voor een onregelmatige klinkerweg met roodbruine stenen. Nu is duidelijk te merken dat de Volvo niet zo jong meer is en dat de vering haar beste jaren heeft gehad. Het geluid van het hobbelen en trillen van de auto komt boven de muziek uit en Esther zet de autoradio uit. Rinke parkeert de auto bij een schip waarvan de netten hangen te drogen in het zonlicht. De netten hangen aan een horizontale balk met touwen aan de mast. Ze doen denken aan een gigantisch schepnet waarmee kinderen kikkervisjes zoeken in een sloot. De zon moet moeite doen om door de fijnmazige netten heen te schijnen omdat er meerdere achter elkaar hangen. Door een enkel net verandert het zicht op de omgeving, omdat het lijkt alsof er door een filter wordt gekeken. Hoe langer de drie meiden door de netten kijken, hoe verwarder ze worden en meer trek krijgen door de gedachte aan vis en eten. Op zoek naar een geschikte plek om te lunchen lopen ze een stukje door de haven van Harlingen en klimmen kort de dijk op om de Waddenzee te zien. De honger is sterker dan de roep van de zee en ze lopen de dijk af over de Noorderhaven en vinden een café restaurant dat er gezellig uitziet en niet al te duur is volgens de prijzen op het bord dat buiten staat. Een ander café restaurant waar ze eerder voorbij liepen had gezellige kleedjes op de tafels, waarvan Priscilla soortgelijke op de vloer heeft liggen, grote comfortabele fauteuils om in weg te zakken, maar toch een sfeer van een herensociëteit. Waar ze nu voor staan is een pand van ongeveer honderd jaar oud en nog in goede staat. De naam op de gevel is Café 't Noorderke en ernaast zit een restaurant met de naam Noorderpoort. Het eerstgenoemde heeft een statige gevel met een Griekse driehoek met daarin enkele beelden. Misschien stelt het een Friese Legende voor denkt Esther. De drie meiden nemen de deur van het café en gaan naar binnen. Aan de rechterkant bij binnenkomst is het restaurant gedeelte, maar dat ziet er uit alsof het 's middags nog niet in gebruik is genomen. De drie meiden gaan maar weer naar links naar het café gedeelte en nemen plaats aan de leestafel, de andere tafels zijn vrij klein en in het midden is veel licht en hebben ze bovendien een goed overzicht op de ruimte. Of dit nou typisch is voor Harlingen weten ze niet, maar de ruimte is op een aantal punten vrij opvallend en dan hebben ze nog niet eens het publiek meegerekend. De meeste bezoekers zijn van middelbare leeftijd of iets ouder en hebben typische gezichten, alsof ze uit een schilderij komen van Jeroen Bosch. Ze schijnen de drie meiden nauwelijks op te merken en zijn voornamelijk in zichzelf gekeerd. Een oude man aan het andere eind van de leestafel knikt hen even toe en buigt zich dan weer over zijn krant. De balk aan het plafond boven de bar achterin is behangen met oude bankbiljetten waarvan de meeste inmiddels ernstig vergeeld zijn. De plank met flessen sterke drank en heel belangrijk, whiskey, worden door de bankbiljetten bijna aan het oog onttrokken. Langs de bar staan hoge houten krukken waarvan er op dit middaguur slechts enkele bezet zijn met enige zonderlinge figuren. De dame achter de bar knikt het drietal toe en gebaart met een soepele beweging dat ze zo bij hen komt. Haar halflange blonde haar valt daarbij naar achteren en een sliertje ervan blijft aan haar gezicht plakken. Boven de toog hangen olielampen, maar waarschijnlijk zit er geen olie in en werken ze gewoon op elektriciteit. Rechts achter hen hangt een prikbord met allerlei krantenartikelen erop en foto's, van klanten of gewoon door het personeel opgehangen, van alles is mogelijk. De muur is wit met donkere houten latten die de muur omlijsten en het net iets extra's geven. Er hangen donkere schilderijen aan de muur waarvan de meeste over de visserij gaan, hoe kan het ook anders in een stadje dat leeft van de visserij en het moet hebben van vissers en natuurlijk mensen die de vis komen eten. Het café heeft ook grotendeels vis op de kaart staan. Priscilla laat merken dat ze toch echt geen trek heeft in vis en kijkt of er niet iets anders op de kaart staat.

'Dan neem je toch soep of zo, niet overal zit vis in.'

'Maar ik weet niet wat er in de soep zit, ik kan niet tegen alle soorten groente. Sommige kan ik slecht verteren.'

'Probeer gewoon iets neutraals zoals tomatensoep en als je het niet lust eten wij het wel op.'

Ze bestellen drie soorten soep zodat er altijd wel iets is dat Priscilla lust en Esther bestelt er wat brood bij.

'Er zit toch geen spek of zo in de tomatensoep?', vraagt Esther bezorgd aan de blonde vrouw die net achter de bar stond maar nu naast hun tafel staat.

'Ik weet het niet maar zal het even navragen in de keuken,' zegt ze vriendelijk, loopt richting de keuken en verdwijnt uit het zicht.

Nu ze moeten wachten op het eten heeft Esther de tijd om de ruimte van het café verder in zich op te nemen. Achter haar staat een grote donkere kachel die nu geen dienst doet omdat het een heerlijke nazomer is. In de winter geeft die vast erg veel warmte denkt ze. Maar in de winter zijn zij er niet, dan zitten ze wel bij de kachel in café Ot en Sien. Boven de kachel is een schildering die rechtstreeks op de muur is aangebracht en stelt een schip voor in zware golfslag met donkere wolken erboven in verschillende tinten angstaanjagend grijs. Boven het schip vliegen meeuwen ondanks de krachtige wind die met ferme streken op de muur is geschilderd. Boven de schildering is nog een kleiner schilderij met alleen wolken en meeuwen.

'Je zal maar op zo'n schip zitten, dan word je pas misselijk.'

'Nou, mij niet gezien, ik heb absoluut geen zeebenen.'

'En het schip ziet er niet heel stevig of groot uit, kan het wel op tegen zulke hoge golven? Heb je echt zulk noodweer op zee, zo dichtbij de kust?'

'Nou, het IJsselmeer was natuurlijk vroeger een zee en helemaal open, met getijden en zo en er zijn diverse verhalen die de ronde doen over vergane schepen, waarvan enkele nog op de bodem liggen en waar het spookt, zegt men.'

Priscilla bibbert. Ze kijkt weg van het schilderij en volgt de ketting van de lamp boven de leestafel omhoog naar het plafond dat rijkelijk bewerkt is met sierlijke krullen van gips en bladeren voorstelt met in het midden een draaikolk. Ze mompelt iets over zeeziekte, excuseert zich en loopt naar het toilet. Als ze langs de bar loopt stoot ze tegen een man aan die aan de bar zit met een zwart leren jack, een stoere vetkuif en mooie bakkebaarden die uitlopen in een punt op zijn wang. Voor hem op de bar ligt een motorhelm. Priscilla heeft echter niets door en loopt naar het toilet en de deur slaat achter haar dicht. De man aan de bar heeft haar wel degelijk opgemerkt en kijkt haar na. Hij stoot een andere man naast hem aan en knipoogt. Dan draait hij zich om en kijkt naar de andere meiden aan de leestafel, maar die gaan zo op in hun gesprek dat ze niets doorhebben. Als Rinke naar de bar kijkt trekt de man heel even zijn wenkbrauwen op. Rinke kijkt snel weg, ze bloost en fluistert iets tegen Esther die vervolgens opzettelijk met grote ogen naar de man aan de bar kijkt en glimlacht. Ze vouwt daarbij haar hand onder haar kin.

'Moedig hem nou niet aan, straks komt hij hierheen, daar heb ik geen zin in hoor!', sist Rinke bezorgd.

'Nou en, wat kan er nou helemaal gebeuren, ik vind hem wel leuk! Maar als het eten er aan komt gaat dat voor, ik heb echt zo'n enorme trek, waar blijft de soep, en waar blijft Priscilla?'

'Die durft vast het toilet niet meer uit.'

Net op het moment dat beide meiden in lachen uitbarsten,

komt Priscilla het toilet uit en de man aan de bar zegt iets tegen haar waardoor ze lacht met een lange uithaal, bloost, snel doorloopt en aan de leestafel gaat zitten.

'Wat zei hij tegen jou?'

'Hij zat al een tijdje naar ons te kijken.'

Priscilla zwijgt even. Net op het moment dat de man opstaat en aanstalten maakt om op het drietal af te stappen komt de serveerster aan met drie grote kommen soep en voorgesneden brood. De man gaat weer op zijn barkruk zitten.

'Dat is pas timing.'

De drie meiden proeven hun soep en glimlachen.

'Oh, lekker zeg, lekker pittig maar niet te. Hoe smaakt het Priscilla? Zit er iets in dat je niet lust of valt het mee?'

'Volgens mij gaat het goed, ik vind die man enger dan of er iets in de soep zit waar ik niet tegen kan. Maar eigenlijk vind ik hem ook wel spannend. Het is niet het type waar ik normaal van onder de indruk ben, maar hij ruikt wel erg lekker, een mengeling van het leer van zijn jas, iets wat hier in de lucht zit, misschien een geur van zware tabak en een beetje aftershave.

'Misschien kunnen we jullie koppelen, na het eten dan', grapt Esther, 'dan moet je wel kiezen of je met ons dieper Friesland in gaat of hier achterblijft. Rinke en ik kunnen ook nog wel een rondje door de stad doen hoor, dat pikken we je anderhalf uur later wel op, dat moet lang genoeg zijn.'

'Iehiehie! Dat zie ik niet gebeuren. Dat jij nou graag een kind wilt van een stoere man moet je zelf weten, ik wil alleen iets als het de juiste voor me is', zucht Priscilla met een romantische blik in haar ogen.

'Maar je valt toch alleen op oudere mannen Esther? Hoe zit dat dan?'

'Voor een relatie wel, maar voor een eenmalig avontuur met

49

als doel een kind te verwekken, mag het best een jongere man zijn, die weet wat hij doet en lekker ruikt.' Esther stopt even, kijkt terloops met haar hoofd iets schuin naar de man aan de bar en vervolgt met enige merkbare opwinding in haar stem, 'In een stoer leren jack dat we er dan onder kunnen leggen als we ...'

'Nou hoor! Ik ben aan het eten!'

Als ze klaar zijn met eten, de serveerster de kommen weghaalt, en vraagt wat ze nog willen drinken en de bestelling opneemt, glijdt de man aan de bar soepel van zijn barkruk en komt stoer op hen af. Zijn schouders zijn breed en recht en bewegen van links naar rechts als hij loopt. Verder heeft hij een versleten spijkerbroek aan die strak zit op de juiste plekken. Hij heeft een ongeschoren schaduw en een verleidelijke grijns op zijn gezicht, die duidelijk aangeeft dat hij weet wat hij wil. Als hij het drietal dicht is genaderd zegt hij met een diepe warme stem, 'goedemiddag dames, jullie zijn vast niet van hier.'

'Oh, daar gaan we weer, wat een cliché', zucht Rinke en kijkt demonstratief de andere kant op.

'Let maar niet op haar hoor, dat doet ze wel vaker' grinnikt Esther waarbij ze een trap onder de tafel van Rinke incasseert en over de pijnlijke plek op haar been wrijft. Ze laat dat niet op zich zitten en geeft meteen een flinke schop terug.

De man glimlacht alleen maar, legt zijn hand even op Rinkes schouder, die hem afweert, opstaat en naar het toilet loopt. Hij gaat vervolgens op haar stoel zitten. 'Maar zeg eens, waar komen jullie vandaan?'

'Amsterdam', giechelt Priscilla, haar gezicht wordt rood en ze durft de man aan hun tafel niet meer recht aan te kijken. Ze kan geen zinnig woord meer uitbrengen.

'We zijn er een paar dagen tussenuit, gewoon lekker toeren

50

en maar zien waar we uitkomen. We hebben geen vaststaand plan. Heb jij nog tips?'

'Hier niet al te ver vandaan is de hoogste terp van Friesland, Hegebeintum.'

'Het zegt me zo niets, maar we zullen het opzoeken op de kaart.' De man kijkt de meiden hierbij betekenisvol aan en wil een pluk haar uit Priscilla's gezicht halen die nog roder aanloopt. Rinke komt intussen terug gelopen van het toilet via de bar en vraagt wanneer ze weer vertrekken, ze heeft namelijk net afgerekend en wil wel weer de weg op.

'Je hebt me flink geraakt net onder de tafel', zegt Rinke met een venijnige blik tegen Esther die quasi onschuldig terug kijkt.

'Ik weet niet waar je het over hebt.'

De man met de motorhelm is inmiddels dichter bij Priscilla gaan zitten en heeft zijn arm om haar stoelleuning gelegd. Esther en Rinke slaan het geheel gade. Rinke zucht diep en trekt aan Esther.

'Gaan jullie nou mee?'

Priscilla kijkt op en verontschuldigt zich tegen de man die zijn wenkbrauwen licht optrekt en teleurgesteld probeert te kijken. Priscilla staat toch op en wordt bijna meegesleurd door Rinke.

'Geef me dan nog tenminste je telefoonnummer!', roept de man haar nog na, maar de meiden staan al in het halletje en staan even later buiten. De zon is ondertussen helemaal doorgebroken en de hemel is stralend blauw.

'Ik kan niet geloven dat jullie je zo in laten palmen door zo'n, zo'n, oh!'

'We mogen toch wel een beetje spelen zeg, wat is jouw probleem?'

'Niets, laat ook maar! Als je maar niet denkt dat ik zo ga

51

rijden, mijn been doet echt zeer.' Het huilen staat Rinke nader dan het lachen. 'Kijk dan, helemaal rood.' Ze schuift voorzichtig haar broekspijp omhoog en een paarse plek wordt zichtbaar. Ze trekt een pijnlijk gezicht met een verwrongen kin en haar wenkbrauwen omhoog in een diepe voorhoofdsrimpel. Ze slaat haar armen ferm over elkaar en wendt nors haar gezicht af.

'Wie rijdt er dan? Ik weet hier de weg niet hoor, maar ik wil het best proberen, als jullie de kaart lezen en me vertellen welke kant ik op moet rijden.'

'Is goed.'

Als ze bij de auto staan, duikt Rinke achterin en Priscilla gaat onwennig achter het stuur zitten. Esther zit naast haar en neemt de kaart op schoot. 'We kunnen vanmiddag nog wel naar Hegebeintum rijden, die terp waar de man uit het café het over had, het is niet zo ver rijden vanaf hier en ook niet moeilijk te vinden. We moeten een stuk de provinciale weg volgen en op een gegeven moment naar beneden afbuigen. Onderweg zien we wel wat we tegenkomen.'

VIII

Priscilla probeert de auto te starten, maar de motor slaat meteen weer af. Ze trekt een pruillip en probeert nog een keer het contactsleuteltje om te draaien. Met horten en stoten slaat de motor dit keer wel aan. Voorzichtig draait ze de weg op en trapt hard op de rem. Onverwacht kwam er een auto de hoek om die ze bijna over het hoofd had gezien. Als ze al vaart had gemaakt, zou Rinke naar voren gevlogen zijn, de Volvo heeft geen autogordels achterin, nu kon ze zich op tijd vastgrijpen aan Esther's stoel.

'Op deze manier komen we niet eens Harlingen uit, laat staan bij Hegebeintum!' merkt Rinke kribbig op. 'Je moet even meer kracht zetten bij het schakelen, het is een oude auto met een beetje een gebruiksaanwijzing, je moet weten hoe je haar aanraakt, dan komt het goed.'

'Wie heeft er geen gebruiksaanwijzing bij het aanraken', lacht Esther.

Priscilla giechelt nerveus, maar ze draait nu wel goed de weg op. Zonder al te veel moeilijkheden rijdt ze de stad uit. Ze blijft alleen bij kruisingen zonder verkeerslichten iets te lang wachten. Omdat de bewolking nagenoeg verdwenen is wordt het vrij warm in de auto. Rinke probeert zich uit te rekken, maar de krappe ruimte laat dat niet echt toe. Ze draait een raampje open en laat de koele wind over haar gezicht stromen. Ze voelt zich al stukken beter dan net in het café. Met haar lange benen kan ze achterin geen goede houding vinden en steekt dan maar haar voeten door het raampje naar buiten. Esther kijkt achterom en barst in schaterlachen uit. Priscilla werpt alleen kort een blik opzij, kijkt even in de achteruitkijkspiegel wat er gaande is, maar probeert ook angstvallig haar blik op de weg te houden. Haar handen spant ze strak om het stuur, waardoor de knokkels wit aanlopen. Ze schudt haar hoofd, kan het niet helpen om ook mee te lachen en laat hierbij haar gebruikelijke typische uithalen horen. Rinke probeert een serieus gezicht te houden, maar dat redt ze niet lang. Ook zij lacht al is het niet van harte. Omdat het harder is gaan waaien buiten en het raam achter wijd open staat, begint de kaart wild wapperen. Plotseling verliest Esther haar grip op de kaart en waait deze het raam uit. Nog net weet ze een hoek van de kaart vast te grijpen. Maar de wind is sterker en heeft de rest van de kaart los gerukt uit haar handen en zuigt deze naar buiten. Beteuterd staart Esther naar het stuk kaart in haar handen. Door het gewapper met de kaart en het gezicht dat ze hierbij trekt, moet Priscilla nog harder lachen en de auto begint te slingeren.

'Let op de weg!' gilt Rinke hysterisch. Ze trekt haar benen terug op de achterbank en draait het raampje dichter. 'We moeten terug voor de kaart. Stop de auto!'

'We kunnen hier niet keren, misschien verderop!'

De Volvo is al een paar honderd meter doorgereden. Achter hen rijden auto's die het stoppen onmogelijk maken. De kans om de kaart nog terug te vinden wordt met elke meter kleiner en inmiddels is ook Priscilla gestopt met lachen.

'Dan moeten we het maar zonder zien te redden, hoe groot kan Friesland nou helemaal zijn?'

'Daarom, als we deze weg volgen komen we vanzelf bij die terp uit, het was maar één afslag. Laten we nog een cassette in de autoradio stoppen en doorrijden.'

Ze vervolgen de route richting hun bestemming. Het landschap is erg mooi en vrij plat, daardoor kunnen ze ver kijken en eventueel een volgende bestemming uitkiezen. Esther ziet een ANWB bord met Hegebeintum erop en ze vervolgen hun weg. Een paar honderd meter verder staat een bord met een waarschuwing dat ze even verderop niet verder kunnen, maar er is niets te zien en dus rijden ze door. Als even later de afslag komt die ze moeten hebben, staat er wederom een waarschuwing dat ze niet verder kunnen, maar het is Priscilla die achter het stuur zit en doorrijdt. Rinke keek net de andere kant uit en Esther houdt het stukje kaart dat ze nog in haar handen heeft, nadat de rest uit het raam is gewaaid, ondersteboven en kijkt of ze er nog iets aan kunnen hebben. Dan slaakt Priscilla plots een gil en trapt op de rem. De meiden kijken elkaar aan, de weg is abrupt tot een einde gekomen, voor hen ligt alleen nog braak liggend land met enkele bomen en wild struikgewas waaruit alle kleur is weggetrokken. Her en der fluit een vogel en dichtbij laat een zwarte raaf een diep en rauw gekras horen. De kleuren in het desolate landschap zijn grauw en het geheel biedt een troosteloze aanblik, ondanks de felle zon die de akker verlicht. De aarde is pas omgewoeld.

'Wat nu? Is er een stuk terug nog een afslag?'

Ze stappen uit en kijken om zich heen, het landschap ziet er verlaten uit, waarschijnlijk omdat anderen de waarschuwingen wèl opvolgen en deze afslag überhaupt niet nemen. Het enige dat erop zit is achteruit de weg terug volgen want keren is hier moeilijk, zo niet onmogelijk. Pricilla stapt weer achter het stuur, schakelt in de achteruit versnelling en rijdt voorzichtig achteruit. Als ze dit ongeveer tweehonderd meter heeft gedaan, is er een afslag die ze dan maar nemen. Deze weg is goed begaanbaar en in de verte worden weer huizen en een molen zichtbaar. Als ze halverwege de huizen zijn, is de molen ineens veel dichterbij dan van veraf leek. De weg wordt vervolgd richting de molen. Als ze dichterbij komen, blijkt het een typische oude houten molen te zijn, met houten palen die de veranda rondom ondersteunen. De wieken draaien maar langzaam, want zoveel wind staat er niet. Ze volgen een bocht om de molen heen en bekijken deze eens goed. Naast de molen staat een kasteelachtig huis, dat een restaurant blijkt te zijn.

'Laten we hier even pauze houden en meteen om de weg vragen.'

'Goed idee, ik lust wel weer iets en een wijntje zal er ook wel ingaan.'

'Jij hebt ook altijd honger, je bent echt onverzadigbaar en dan bedoel ik niet alleen eten.'

Priscilla rijdt de auto het grindpad op waar ze dichtbij de ingang parkeert. Het grind knerpt en knispert onder de wielen en steentjes spatten wild op tegen de onderkant van de auto. Het voelt aan als zand tussen de kiezen van een oud gebit of het geluid van een kunstgebit in een glas water. Wanneer ze naar binnen gaan, komen ze in een ruimte die vrij donker is en hun ogen moeten wennen aan het plotselinge duister. Het plafond heeft zware houten balken, die waarschijnlijk doorlopen onder de molen zelf. Ook de toog is van donker hout en erboven hangen glimmende koperen potten en pannen waarin de ruimte weerspiegeld wordt. Achter in een hoek is een open haard, waar enkele comfortabele stoelen omheen staan. De ruimte lijkt vrij leeg, maar aan de andere kant blijkt dat dit komt omdat een deel van de tafels en stoelen buiten staan en een gezellig terras vormen. Ze kijken op de kaart wat er zoal geschonken wordt en besluiten samen een karaf rosé te nemen. Het kan nog net want de zomer is nog niet geheel voorbij. De kaart blijkt meer verrassingen te hebben want er staan gerechten op die ze het water om de mond doen lopen. Ze zijn het er meteen over eens dat ze hier maar langer moeten blijven. De tuin is erg mooi en sfeervol, even verderop loopt een beekje dat een vriendelijk kabbelend geluid maakt en erg helder is. In het beekje zwemmen een paar vissen en door de sterke stroming worden waterplanten uiteen getrokken. De meiden zakken lekker relaxed onderuit in hun stoelen en laten zich de rosé goed smaken.

'Dit is het goede leven.'

'En het plezier van het onverwachte, als we niet verkeerd waren gereden hadden we dit verborgen plekje nooit gevonden.'

'Hmm, heerlijk, ik zou hier zo de hele middag kunnen blijven liggen.'

'We kunnen hier blijven eten, de kaart ziet er goed uit, de sfeer is goed, waarom uren rijden en zoeken naar een goed restaurant als we er al een gevonden hebben?'

Ze kiezen allen iets uit de kaart en het duurt niet lang voor ze hun bestelling op tafel hebben en het zich goed laten smaken. Na het eten komt er langzaam mist opzetten vanuit het beekje, die tot zeker twee meter hoog komt. Eerst is de mist nog ver weg, maar krijgt steeds meer en steeds langere uitlopers naar het restaurant toe. De meiden besluiten dat het tijd is om naar binnen te gaan en staan op. Mist is mooi, daar niet van, op afstand en niet te dichtbij. Priscilla rilt even. Binnen staat een piano die ze bij binnenkomst voor het eten niet is opgevallen en Rinke en Priscilla dagen Esther uit om iets voor ze te gaan spelen.

'Ah, toe!'

Esther neemt plaats op het krukje aan de piano en laat haar vingers over de toetsen glijden. Ze aarzelt even en drukt dan voorzichtig een paar toetsen in. Het is geen echte melodie die ze speelt, meer een slaapliedje. De toetsen voelen glad en vertrouwd aan. Daarna streelt Esther ook het houtwerk boven de toetsen, alsof ze de piano zich eigen wil maken en maakt nog steeds geen aanstalten om echt te gaan spelen, alsof ze ergens op wacht. Ze zucht diep en begint te spelen. De piano is al een tijd niet gestemd en klinkt daarom niet zo helder als deze zou moeten klinken. Op de piano hebben meerdere mensen gespeeld en als de piano zou kunnen vertellen zouden er veel verhalen uit komen. Door erop te spelen laat Esther de piano vertellen van feesten en evenementen die plaats hebben gevonden in de molen, lang geleden, dat dan weer wel. Ze weten niet hoe oud de molen precies is, maar zeker tweehonderd jaar, te zien aan de bouwstijl en de constructie die al lang niet meer wordt toegepast. Veel boerderijen hebben dezelfde dikke houten balken aan het plafond, hele boomstammen zijn gebruikt om gebouwen zoals deze neer te zetten. En erg solide want het gebouw lijkt maar weinig verzakt te zijn of geleden te hebben onder zoveel tijd. Als Esther is uitgespeeld, applaudisseren de anderen kort. Ze kijken op de klok en het blijkt al laat te zijn, het is ook al schemerig geworden buiten en door de mist kunnen daar ze weinig meer zien. De vrouw achter de bar ziet hun verschrikte gezichten en zegt met zachte stem dat ze nog kamers vrij hebben boven. De molen is niet alleen in productie en vergezeld van een restaurant, ook is het een herberg voor hongerige uitgeputte reizigers, zoals de drie meiden. Het nuttige wordt hier met het aangename verenigd.

De kamer is vrij ruim en netjes. Het raam is niet zo groot, maar groot genoeg om alledrie naast elkaar naar buiten te kijken en neer te zien op de mist, die inmiddels bijna de hele tuin in beslag heeft genomen. Hier en daar steekt een kleine boom of grote struik er net bovenuit en probeert weerstand te bieden en contact te maken met de snel donker wordende lucht. In de kamer staan twee ruime tweepersoons bedden en er is zelfs ruimte genoeg voor nachtkastjes en een eenvoudige toilettafel. Priscilla wil alleen slapen en niet te dicht bij het raam dus Rinke en Esther moeten noodgedwongen genoegen nemen met elkaar en het andere bed. Om en om maken ze gebruik van de badkamer waarin zich ook het toilet bevindt en Rinke neemt kort een douche om de dag van zich af te spoelen. De pijnlijke plek op haar been is minder paars aan het worden en voelt alleen nog een beetje dik en hard aan. Misschien heeft Priscilla er een zalfje voor. Als ze de deur van de badkamer opendoet met een handdoek om haar haar, is ze er niet op bedacht dat Esther niet in de kamer is, die staat namelijk achter de deur, haalt onverwacht uit met een kussen en giert het uit van het lachen.

'Die zag je niet aankomen!' lacht Esther en zwaait nogmaals met het kussen richting Rinke, maar dit keer kan zij het wel afweren met een hand. Met de andere hand probeert Rinke

58

de handdoek om haar haar vast te houden, want deze zit ondertussen helemaal scheef. Rinke duikt naar het bed, pakt ook een kussen en zet de aanval in op Esther, die net op tijd opzij weet te springen, waardoor Rinke haar evenwicht verliest en in volle vaart op Priscilla afstormt. Het kussen raakt Priscilla vol in het gezicht en scheurt aan de zijkant open. Priscilla gilt, pakt ook haar kussen op en met twee handen probeert ze in het wilde weg terug te slaan. Ze probeert zowel Esther als Rinke te raken, die tegelijk haar en elkaar proberen te raken. Het kussen van Rinke scheurt ondertussen verder zonder dat ze dat meteen door heeft en beide bedden en de vloer liggen vol zachte witte veertjes. Rinke slingert vervolgens het kussen rond haar hoofd dat steeds meer vaart krijgt en Esther flink tegen de schouder raakt, die daarbij haar evenwicht verliest en met haar volle gewicht tegen de vlakte gaat. Esther's haar zit nu ook vol veertjes en Rinke staakt voor een moment de aanval. Priscilla denkt dat ze vaart kan maken met haar kussen en dat lukt ook, alleen mist ze net haar doel en het kussen zwiert door het open raam naar buiten. Priscilla heeft de slappe lach en het lukt haar niet meer om bij te komen, maar ze baalt wel dat ze haar kussen kwijt is. Niet alleen heeft ze nu geen munitie meer, zonder kussen kan ze ook niet slapen. Rinke staat met beide benen om Esther heen die om genade roept en Rinke laat haar kussen zakken, terwijl Esther van de gelegenheid gebruik maakt en het kussen probeert te grijpen. Rinke heeft dit net op tijd in de gaten en klemt het kussen, of wat daar nog van over is, met haar armen stevig tegen zich aan. Het gevecht is stilgevallen en alledrie proberen ze op adem te komen wat niet meevalt door het stof van de rondvliegende veren. Rinke laat het restant van haar kussen uit haar handen glijden en helpt Esther met moeite overeind.

'Zeg het maar gewoon.'

'Zeg wat? Ik begrijp niet wat je bedoelt.'

'Zeg nou maar gewoon dat ik te dik ben, het is toch zeker

zo. Ik ben gewoon te dik en ik wil dat je het tegen me zegt. Noem me maar een vetklep.'

'Ok, wat jij wilt, vetklep!'

Esther giechelt en schudt de veren uit het haar en trekt een aantal onwillige veren uit haar warrige krullen. Priscilla lacht niet meer, wappert met een hand voor haar gezicht, zucht alleen nog maar en heeft de hik. Ze probeert haar adem in te houden, maar dat werkt nu niet. De meiden proberen bij te komen van het geweldige, maar ook vermoeiende kussenge-vecht. Rinke probeert enkele veren op te rapen en terug te stoppen in haar kussen en rolt de zijkant op. Als dit niet werkt pakt ze een onbeschadigd kussen van het andere bed. Alledrie bekijken ze de chaos van de veren op de bedden en de vloer en in hun haren. Ze rapen de meeste veren bij el-kaar en stoppen dit in een plastic tasje waarin de veren aan de binnenkant blijven kleven.

'Als we onze lakens omdraaien of op de dekens gaan liggen hebben we er vannacht minder last van.'

'Wie heeft er een kussen voor mij', pruilt Priscilla, 'die van mij is het raam uitgezeild en zonder kan ik niet slapen.'

'Hier, neem die van mij maar, ik ben moe genoeg en heb voldoende haar om op te liggen', zegt Esther, waarbij ze voorzichtig de laatste veertjes uit haar krullen trekt. Ze vouwt haar krullen aan een kant onder haar hoofd en legt haar handpalmen tegen elkaar en doet alsof ze slaapt.

Dan maakt Priscilla haar bed opnieuw op en Rinke en Esther draaien op hun bed het laken om. Esther ligt op haar zij en maakt kleine knorgeluidjes, terwijl Rinke nog even naar het plafond ligt te staren en de slaap niet kan vatten. Priscilla neuriet zacht en speelt met plukken van haar lange haar, ze trekt er enkele losse haren uit en laat die op de grond vallen. Nadat ook zij langzaam in slaap valt en hierbij haar laken ver over haar hoofd trekt sluit Rinke haar ogen en zakt weg.

IX

Rinke schrikt wakker en kijkt naar de tijd op haar mobiel, ze kan het niet meteen zien en houdt haar mobiel dichter bij haar gezicht. Het is midden in de nacht, nog geen vier uur. Ze zucht en realiseert zich dat ze bijna op de rand van het bed ligt. Esther ligt in het midden en neemt het grootste gedeelte van het bed in beslag. Ze ademt zwaar en snurkt zacht met korte stoten. Af en toe maakt ze een geluid dat het midden houdt tussen een zucht en een grom. Als het matras metalen veren zou hebben zou dit diepe geluid ze doen trillen. Rinke stapt uit bed en loopt even door de kamer op en neer. Priscilla is nauwelijks zichtbaar, omdat ze nog steeds het laken over haar hoofd heeft getrokken. Af en toe praat ze onverstaanbaar in haar slaap en dan is ze weer stil. De lucht in de kamer voelt een beetje dik aan. Rinke doet voorzichtig, om de anderen niet wakker te maken, het raam verder open en ademt de nachtlucht in. De mist is ingezakt en heeft een melkachtige glans in het maanlicht. Aan de rand van de tuin, tussen de bomen, ziet ze lichtjes die langzaam op en neer dansen. Zijn het lampions in de nacht? Of vuurvliegjes? In deze tijd van het jaar? In de kamer naast hen klinkt een bons en dan iets van gestommel. Rinke haalt haar schouders op en loopt terug naar het bed waar Esther iets meer ruimte voor haar heeft gelaten. Ze wikkelt zich in haar laken en sluit haar ogen.

Er is meer licht in de keuken dan normaal en de tafel lijkt breder en langer nu er geen borden en bestek op liggen. Op het aanrecht staan geen pannen, maar schalen met diverse hapjes. Naast de schalen staat een fles wijn met de kurk ernaast en vier glazen. Maar voor wie zijn de glazen? Esther knippert met haar ogen en schudt haar hoofd, haar krullen dansen om haar hoofd en springen meer dan gewoonlijk. Ze voelt zich lekker in haar vel. Ze draagt een jurk die ze normaal alleen draagt bij feestelijke gelegenheden en haar eigenlijk te klein is, de jurk zit nu echter als gegoten en doen haar volle borsten goed uitkomen. Ze draait rond en ziet Rinke binnenkomen vanuit de schuur met een gitaar in haar handen, ze kan toch helemaal geen gitaar spelen? Rinke glimlacht alleen tegen haar, loopt haar soepel voorbij en zet de gitaar neer op een stoel bij de deuren naar buiten. Ook Rinke draagt een jurk die haar goed staat, terwijl ze normaal alleen wijdvallende weinig vrouwelijke kleren draagt. Een van de deuren gaat open. Priscilla komt binnen en trekt een knappe man mee naar binnen, met dikke donkere krullen en een gulle ondeugende lach. Zijn lippen krullen prettig naar boven en zijn hoge jukbeenderen hebben een lichte blos. De wijdvallende witte blouse die hij draagt valt tot iets boven zijn navel open en laat een gebronsde huid zien met enig borsthaar. Priscilla draagt een jurkje tot ver boven de knie en korter is dan Esther haar ooit heeft zien dragen. Als Esther beter kijkt ziet ze door de rafels aan de rand van de stof dat er een stuk van af is geknipt. Zodra ze de deur door zijn, dansen ze rond de tafel en Esther doet een paar stappen achteruit. De jongen pakt nu ook Rinke bij de hand en trekt haar mee, hij laat haar rondjes draaien en ze moeten allemaal lachen. Esther kijkt verward toe. Als de jongen via een stoel op de tafel klimt en in zijn handen klapt, ontdooit Esther een beetje en probeert mee te dansen. Rinke en Priscilla duwen haar nu richting de tafel. De jongen trekt haar op de tafel en daarna de anderen ook. Alledrie meiden dansen nu rond de jongen die zijn gitaar heeft gepakt en in het Spaans begint te zingen. Zijn stem is zacht, mannelijk en enigszins hees. Om zijn hals hangt aan een donker leren koord een mondharmonica. De drie vriendinnen kennen de woorden niet en neuriën mee en vormen daardoor een achtergrond-koortje. Ze maken automatisch dezelfde bewegingen met hun handen en draaien synchroon rond. Als de jongen een sneller nummer inzet en daarbij speelt op zijn mondharmonica klappen ze mee op het ritme dat steeds sneller gaat. Ze krijgen het warm van zowel hem als zijn muziek en de snelle bewegingen op de keukentafel. Als ze even later nog sneller gaan bewegen en dansen dan ze eigenlijk aankunnen en er duizelig van worden vallen ze alledrie samen tegelijk van de keukentafel af en belanden in het hooi.

Een paar uur later is Esther als eerste wakker, rekt zich uit, kijkt verward om zich heen en voelt met haar handen aan de verkreukelde lakens van het bed. Daarbij raakt ze net niet Rinke's hoofd. De anderen slapen nog en Esther staat op en sjokt naar de badkamer. Ze laat een laagje koud water in de wasbak stromen en gooit dit over haar gezicht en schouders voordat ze een douche neemt. Het koude water is om wakker van te worden en het warme water om schoon te worden. Ze kijkt in de spiegel en probeert de lijntjes rond haar ogen glad te strijken, overigens zonder succes. De handdoek is te klein om zich in te wikkelen en ze kleedt zich dan maar met lichte tegenzin aan. Rinke is ook wakker en zit rechtop in bed te bladeren in een van de boeken van Esther. Ze legt deze weg als Esther uit de badkamer komt en glimlachend op de rand van het bed gaat zitten. Priscilla slaat op hetzelfde moment haar laken van zich af en zucht. Ze kijkt verschrikt om zich heen alsof ze zich niet kan her-inneren waar ze is. Langzaam komt ze overeind en kijkt de anderen glazig aan. Het duurt even voordat ook zij in de badkamer verdwijnt en als ze terugkomt kleedt Rinke zich ook eindelijk aan.

Beneden in de ruimte waar Esther de vorige avond nog piano had gespeeld, wacht een tafel op ze met kleine broodjes, jam, boter, vleeswaren, versgeperste jus, thee en koffie. Het ontbijt is eenvoudig en nog steeds zwijgend schuiven ze aan. Aangezien er slechts één tafel is gedekt nemen ze aan dat ze de enige gasten zijn, of er moet een andere tafel inmiddels zijn afgeruimd, voordat ze binnen kwamen. Ook tijdens het ontbijt wordt er nog geen woord gewisseld. Alledrie de meiden is duidelijk aan te zien dat ze nog niet helemaal wakker zijn en genoeg hebben aan hun eigen gedachten. Van buiten komen weinig geluiden, er is weinig verkeer in deze uithoek van Friesland, alleen de molen draait gestaag en binnen klinkt dit als een hol bonken of knarsen. Aan tafel zijn alleen geluiden te horen van brood dat gescheurd en gesmeerd wordt, thee en koffie die wordt ingeschonken en het gerinkel van theelepeltjes. Priscilla pakt een pluk haar beet, glimlacht terughoudend en wijst naar Esther die op haar beurt haar eigen haar checkt en er een achtergebleven veertje uit haalt. Ze glimlacht voorzichtig terug.

Na het ontbijt lopen ze de trap op en pakken hun spullen bij elkaar, wat een heel stuk sneller gaat dan een dag geleden thuis, immers, alles wat van hen is gaat nu mee en er valt niets te kiezen, enkel wat ze aan moeten. Alleen Priscilla houdt zich aan haar eigen ochtendritueel van de juiste crèmes voor de juiste gedeeltes van haar gezicht. Zodra er betaald is en ze naar de auto lopen, is het vanzelfsprekend dat Rinke rijdt, Esther voorin naast haar gaat zitten en Priscilla zich nestelt op de achterbank. De auto start echter niet meteen en heeft een akelig rokershoestje en met een krakende zucht slaat de motor af. Geen van de meiden maakt zich zorgen want de auto heeft hen de vorige dag tenslotte al ruim tweehonderd kilometer vervoerd. Ook bij de tweede poging start de Volvo niet, maar maakt een rochelend geluid als een oude man die zich verslikt in zijn pijp of sigaar en waarvan de keel vol verborgen holtes en geheimzinnige plooien zit waartussen sedimenten van tabak zich ophouden. De opstandige motor doet de auto schudden en zowel Priscilla als Rinke trekken een verticale rimpel in hun voorhoofd die daardoor samentrekken. De haren van hun wenkbrauwen komen daardoor iets naar voren maar gaan ook meteen weer plat liggen. Bij de derde poging slaat de auto wel aan en maakt na ongeveer drie minuten het in-middels vertrouwde geluid van een percolator die laat merken dat de koffie klaar is om geschonken te worden. Ze hebben geen kaart op het kleine stukje na dat nu in het handschoenenkastje ligt, maar evengoed onder een van de stoelen kan zijn verdwenen. In de herberg hebben ze nog gevraagd hoe ze naar Hegebeintum kunnen komen nu een stuk van de weg is afgezet. Het schijnt dat als ze de weg maar blijven volgen, door het dorpje heen rijden vlakbij de molen, ze dan een halve tot driekwart cirkel om de terp heen maken en dan zo de parkeerplaats op kunnen draaien. Weer is het een prachtige nazomerdag. De zon laat haar licht uit- bundig op de aarde neerdalen en zet het landschap in een volle gloed. De bladeren aan de bomen zijn nog net niet aan het verkleuren en proberen met alle macht die ze nog in hun nerven hebben het laatste zonlicht op te vangen en af te voeren naar de stam, waar het zal worden opgeslagen voor de winterslaap. De stammen gapen en worden al loom, al zijn hun sappen nog redelijk actief. De meiden merken weinig van wat er zich zoal afspeelt in het landschap om hen heen, ze zijn verzonken in gedachten lijkt het en staren elk uit het raam. Priscilla pakt plukken haar tussen haar vingers en bekijkt de dode punten, die eigenlijk alleen bestaan in haar hoofd. Af en toe trekt ze een lange dunne haar tussen haar vingers vandaan en laat deze niet op de grond vallen maar door de kier van het raam naar buiten waaien. Normaal laat ze deze altijd op de grond vallen en waar ze gezeten heeft kleven er haren aan de rugleuning. Rinke houdt haar handen losjes om het stuur en let maar matig op de weg. Het is niet nodig scherp gefocust te zijn, omdat de weg zich op een trage manier tussen de weilanden door slingert. De meeste weilanden zijn vrij kaal omdat er al is gehooid en omdat het een vrij droge zomer is geweest. Tussen de res- tanten van de begroeiing, die voorheen weelderig de wei- landen bedekte, scharrelen kraaien en meeuwen rond. Ze proberen nog enig voedsel te vinden en storen zich niet aan het gezellige gepruttel en geratel van de oude Volvo. Enkele weken geleden was het landschap waarschijnlijk nog diep groen maar het neemt nu de lichtbruine kleur aan van fijn- gehakte hazelnoot of het vruchtvlees van een appel die te lang is blootgesteld aan de zuurstof in de buitenlucht en

daardoor bruin tot donkerbruin kleurt. Op sommige plaats-
en zijn de weilanden kaalgevreten door de vogels en houdt
de kleur het midden tussen vaal bruin en het grijs van
grafiet. De vogels plegen echter geen aanslag op het landschap, maar helpen het tot rust te komen en te zuiveren na
de oogst. Voor de boeren valt er niets meer te halen en
voorlopig zullen zij de aarde braak laten liggen en aan zijn
lot overlaten.

Het dorp waar de vrouw uit de herberg over vertelde, komt
nu dichterbij en was toch verder rijden dan Rinke in eerste
instantie dacht. Het bestaat uit nauwelijks meer dan een
straat met een kerkje in het midden, een café, een restau-
rantje, en een pleintje waar de plaatselijke jongeren verveeld
rondhangen. Voor het café, dat ook dienst doet als koffiehuis, zitten enkele ouderen buiten op witte plastic stoelen en
kijken de Volvo met de meiden erin na. Geen van allen
maken echt oogcontact of wellicht heel vluchtig en zonder
enige betekenis. De dorpsbewoners zijn er aan gewend dat
er bij hen in het dorp nooit iets gebeurt en als er al iets
gebeurt weet iedereen het binnen een half uur tot een uur.
Na luttele minuten zijn de meiden door het dorpje heen
gereden en laten het snel achter zich. Ze hebben geen enkele
behoefte om er te stoppen en koffie te drinken, ze hebben
tenslotte pas ontbeten in de herberg. Contact met de dorpsbewoners is bovendien wel het laatste waar ze op dit
moment behoefte aan hebben, ze hebben niet eens behoefte
om met elkaar te communiceren, en dat is niet erg. Aan de
rand van het dorp is een afslag en even twijfelt Rinke welke
weg ze zal inslaan. De vrouw uit de herberg had hen verteld
dat ze dicht bij het dorp moesten blijven, maar aan de
andere kant zien ze iets dat op een terp lijkt en een puntige
kerktoren. Omdat ze gisteren al zijn verdwaald kiest Rinke
voor de bekende weg en rijdt een stuk langs de achterkant
van het dorp. In een aantal tuinen hangt was te drogen en te
wapperen in de wind. Vanaf deze afstand lijken de huizen
een miniatuur van zichzelf en het wasgoed bedoeld voor

poppen in een poppenhuis. Met weemoed kijkt Priscilla naar buiten. De was doet haar denken aan het poppenhuis dat ze vroeger had in Galati, Roemenië. Die heeft ze achter moeten laten en wordt nu waarschijnlijk bewoond door vreemde poppen en betast door andere nieuwsgierige kinderhanden. Alleen drie poppen heeft ze nog kunnen redden en liggen in een doos onder in haar kledingkast. Af en toe haalt ze ze eruit en legt ze naast haar in bed als ze niet kan slapen. Als het aan haar stiefvader lag, had ze helemaal geen spullen meer gehad van vroeger. Het was tenslotte zijn schuld dat het poppenhuis is achtergebleven, toen ze overhaast moesten verhuizen naar Nederland. Haar moeder wil nog steeds niet zeggen waarom ze weg moesten en perst haar lippen op elkaar elke keer wanneer Priscilla erover begint. Sinds haar moeder een keer in tranen uitbarstte, heeft Priscilla er niet meer naar gevraagd. Ze vermoedt dat het iets te maken heeft met haar familie in Bulgarije. Eigenlijk vindt ze het niet erg dat ze niet meer aan de rand van Galati woont. De stad lag als een kreupel dier aan de Donau en de stuiptrekkingen ervan waren voelbaar in het woonwagenkamp. De rook van de industrie, die het kamp van de stad scheidde, was als pus dat uit een ontstoken wond vloeide en lag te rotten in het veld. Een groot gedeelte van de oude binnenstad was een façade en niets meer. De voorgevels waren nog mooi, maar er doorheen schemerde hun glorietijd. Het verval had overal toegeslagen, tot aan de voegen en het losgelaten pleisterwerk toe. Achter de gevels probeerden veel mensen de eindjes aan elkaar te knopen en hun armoede en werkeloosheid te maskeren door opgetogen en uitbundige muziek. Priscilla zou nog liever in Friesland gaan wonen dan terug gaan naar Galati, en dat wil wat zeggen want het lege landschap van het Noorden trekt haar niet. Ze heeft hogere gebouwen en veel spullen nodig om zich heen.

X

Als het dorp uit het zicht is verdwenen en alleen nog de spitse kerktoren, spitser dan goed is voor de omvang van de kerk, zichtbaar is, komt de volgende kerktoren reeds dichterbij. De vrouw van de herberg had gelijk, ze zijn nu vrij dichtbij de terp en zien deze dan ook duidelijk boven het omringende landschap uitsteken, alsof het zich beter voelt dan de andere dorpen, maar dichterbij komen ze niet want de weg leidt hen er omheen. Als de meiden meer dan een halve cirkel om de terp heen hebben gereden kunnen ze schuin naar boven rijden en worden naar een parkeerplaats geleid, waar Rinke de auto parkeert naast auto's van enkele andere bezoekers aan de terp. De rest van de weg kunnen ze alleen lopend vervolgen. De lucht is helder vandaag en fris. Prominent in het midden van de terp staat de kerk met eromheen een kerkhof dat afgesloten is met een ijzeren hek. Een deel van de terp is duidelijk afgegraven geweest en is nu gestut met betonnen muren, drie boven elkaar. De meiden lopen naar de kerk, maar deze is gesloten voor bezichtiging. Niet dat ze zo van kerken zijn, maar veel meer is hier niet te doen. Ze lopen naar het hek van het kerkhof en zien enkele oudere vrouwen graven schoonmaken. Een van hen heeft een bezem bij zich en een andere een emmer met sop en een grote gele spons.

'Thuis in Roemenië doet mijn familie dat ook, graven van familieleden schoonhouden, als een eerbetoon en uit respect.'

Het zijn de eerste woorden die onderling gesproken worden deze dag. De anderen knikken alleen, maar spreken niet uit wat er door hen heen gaat. Van achter het hek slaan ze de vrouwen op de begraafplaats gade zonder het hek te openen. Nog even blijven ze staan kijken, maar voelen zich indringers, verwijderen zich van het hek, lopen de kerk voorbij en dalen af naar het lager gelegen deel van de terp. Dit deel steekt nog steeds zeker acht meter boven het omringende gebied uit. Dan lopen ze een rondje om de kerk heen, nadat ze dit eerder met de auto hebben gedaan op grotere afstand. Het dorpje bestaat ook uit nauwelijks meer dan een cirkel van huizen om de kerk heen. Om de huizen heen loopt een sloot met daar langs knotwilgen, die daar zo te zien al geruime tijd staan. De stammen zijn dik en gerimpeld met barsten en groeven. Deze bomen hebben heel wat te verduren gehad door het weer en omdat ze hoger groeien dan andere bomen in deze streek. Halverwege het midden van de stam groeien ook lange sprieten met smalle bladeren. Vogels pikken met hun snavel tussen de takken en vliegen op zodra de meiden te dichterbij komen.

'Wilgentenen staan altijd zo gezellig op de tafel. Ik zou wel een grote vaas met wilgentenen naast de vleugel willen.'

'Maar zou je ook op een boerderij willen wonen dan?'

'Voor een tijdje lijkt me dat helemaal niet zo erg, een beetje voor de beesten zorgen, kippen eten geven, eieren rapen, geiten melken. Waarom niet?'

'Sorry hoor, maar daar vind ik jou helemaal geen type voor.'

Tussen de knotwilgen in vinden ze bramenstruiken met voldoende rijpe bramen. Esther plukt als eerste een paar bramen, stopt eerst een in haar mond om meteen daarna een handvol naar binnen te werken. Dan wenkt ze de anderen. Ze kan niet praten met haar hele mond vol en brengt alleen onverstaanbare keelklanken voort. Rinke plukt zelf wat bramen en kan nog net een verraste kreet laten horen. Priscilla staat er wat verlegen bij en Esther dwingt haar bijna een braam te proberen. Ze verslikt zich er prompt in, maar het smaakt haar toch waarna ze zelf ook bramen gaat plukken van de struik. Rinke komt als langste van de drie gemakkelijk bij de verder gelegen takken en Esther houdt een sjaal vast waar ze de bramen in doen. Ze merkt op dat bramen wel afgeven, maar op een donkerblauwe sjaal maakt dat weinig uit. Verder op de weg staat een metalen hek met zilverkleurig gelakte buizen en Rinke klimt er behendig bovenop. Esther leunt tegen het hek en Priscilla leg haar sjaal op de grond en gaat daarop zitten. Ze verdelen de pasgeplukte bramen en vangen het zonlicht op met hun hals en gezicht.

'Dit is wel een fijne plaats om even te blijven en lekker in de zon te lezen. Ik heb mijn boek al anderhalve dag verwaarloosd.'

'Mij krijg je voorlopig niet van dit hek af', kreunt Rinke zacht en werpt Esther de autosleutels toe. 'Als je toch je boek uit de auto haalt, kun je gelijk een fles water meenemen? Die moet ergens op de achterbank liggen, tenzij die eraf gevallen is.'

'Is goed.'

'Wat kan het platteland toch heerlijk zijn, dit is fijner dan het Vondelpark waar het altijd druk is zodra de zon schijnt', zucht Priscilla, terwijl ze haar ogen nog steeds dicht heeft. Dan schrikt ze plotseling wakker uit haar dagdromen en zoekt in de tas die ze bij zich heeft naar haar zonnebrand. 'Ooh, nu kan ik geen zonnebrand voor mijn gezichtshuid vinden en het zonnetje is net zo lekker. Dan toch maar een hogere factor opdoen.'

'En anders doe je toch lekker niets op je gezicht. Dan krijg je tenminste een gezond kleurtje', merkt Rinke op met een lichte cynische ondertoon in haar stem. Beide meiden houden de ogen verder gesloten en zeggen even niets meer. Het zonlicht schijnt door hun oogleden heen en tovert verschillende tinten van rood en geel aan de binnenkant. Door de warmte doezelen ze een beetje weg en hebben niet door wat er in hun omgeving gebeurt. Met name Priscilla had dat beter wel kunnen doen. Plotseling begint ze luid en hysterisch te gillen, staat op en begint iets van zich af te slaan dat de anderen niet kunnen zien. Ze danst rond en begint bijna te huilen.

71

'Wat is er toch meisje?' vraagt Esther, die net op haar gemak terug is komen lopen vanaf de auto. Ook Rinke valt zo'n beetje van het hek door deze onverwachte actie.

'Mieren!', gilt Priscilla, 'Er zitten mieren op mijn sjaal en ook op de bramen, het komt door de bramen en volgens mij heb ik er eentje doorgeslikt!'

'Heb je een hele braam of per ongeluk een mier doorgeslikt?'

Rinke moet haar lachen inhouden door haar eigen opmerking en Esther probeert een arm om Priscilla heen te slaan maar deinst achteruit als deze haar afweert. Nu ziet Esther ook kleine zwarte insecten lopen over de grond en naast haar voeten, maar de beestjes zijn banger voor haar schoenen dan zij bang is voor de mieren.

'Kijk nou toch, ze zitten op mijn rok en …'

'Blijf nou rustig staan', probeert Rinke nog. Priscilla rent een paar meter weg en rent meteen weer terug. Ondertussen slaat ze nog steeds mieren of misschien zelfs denkbeeldige mieren van zich af. Haar gezicht is vertrokken van de schrik en van de stress. Esther staat er ondertussen een beetje hulpeloos bij. Zij heeft het ook niet zo op mieren, maar is er niet bang voor. Ze zijn te klein om van onder de indruk te zijn.

'Volgens mij zijn het bosmieren, van die rode en die kunnen hard bijten en volgens mij zijn ze giftig en daar heb ik geen zalf of crème tegen meegenomen!', huilt Priscilla.

'Rode bosmieren? Daar geloof ik niets van', zegt Rinke, 'die heb je echt alleen maar in het bos en we zitten hier midden tussen de weilanden. Die mieren denken echt niet dat een rijtje knotwilgen op een dijk bij een sloot een bos is. Je hebt hier heel andere grond dan in een bos, daar kunnen ze helemaal geen nest in bouwen.'

'Houd je intellectuele praatjes lekker voor je, ik weet toch zeker zelf wel wat er over mijn armen en benen kruipt?! Het zijn rode bosmieren zeg ik je, het zijn dezelfde als ik eens in Bulgarije heb gezien, alleen waren die nog groter.'

'Wat voor mieren het ook zijn, erg giftig kunnen ze niet zijn. Giftige insecten komen überhaupt niet of nauwelijks voor in Nederland.'

Priscilla klopt ondertussen haar sjaal uit en laat deze daarbij bijna in de sloot vallen. Esther heeft het andere uiteinde beetgepakt en samen kloppen ze de sjaal uit totdat ze er beide zeker van zijn dat er geen enkele mier meer op is kunnen blijven zitten. De sjaal kraakt hierbij wel maar scheurt niet. Rinke kan zich niet langer beheersen en lacht om de actie van de anderen met de sjaal en de zogenaamde giftige bosmieren.

'Dat heb jij weer! Als jij je nou geen zorgen had gemaakt over het kreuken van je rok had je gewoon op het hek kunnen gaan zitten, wie zoekt er nou een mierenhoop uit om op te gaan zitten?' Rinke kan af en toe scherp uit de hoek komen. Priscilla kan er niet om lachen deze keer en wendt haar hoofd af in schaamte. Haar wangen zijn vuurrood aangelopen en ze wrijft over haar pijnlijke armen.

'Kijk dan zelf, ik heb allemaal kleine rode bultjes. Echt wel dat ze me gebeten hebben.'

Esther en Rinke kijken naar de armen van hun vriendin en zien inderdaad enkele rode bultjes die meer op kippenvel lijken dan op beten van giftige bosmieren. Rinke houdt met een hand het hek vast en lacht inmiddels niet zichtbaar meer, al kan ze een grijns niet onderdrukken.

'Ik wil hier geen moment langer blijven, volgens mij zitten ze overal.'

'Dat zal toch wel meevallen?', probeert Esther nog, maar Priscilla is echter vastbesloten om niet meer op de dijk te blijven zitten en loopt driftig richting de parkeerplaats. Zodra Priscilla enigszins gekalmeerd is, pakken de anderen hun spullen op en lopen op ruime afstand achter haar aan. Esther zucht diep.

'Waarom moest je haar nou zo nodig gaan tegenspreken? Je weet toch hoe ze is. Ik had net mijn boek uit de auto gehaald en heb er niet eens één bladzijde uit kunnen lezen. In de auto gaat dat ook al niet werken op die hobbelige wegen hier.'

'Sorry hoor. Ik had ook niet kunnen voorspellen dat uitgerekend Pris op een mierenhoop gaat zitten.'

'Dat bedoel ik ook niet, je luistert niet naar wat ik zeg. Ik bedoel je opmerking over mieren die hier niet voorkomen. Er liepen duidelijk grote mieren rond en Priscilla raakt al van slag door alles wat zich beweegt en zes poten of meer heeft.'

'Dan is het maar goed dat het mieren zijn en geen spinnen.'

Op deze laatste opmerking geeft Esther maar geen antwoord. Eigenlijk ziet zij de lol van de hele situatie ook wel in en geeft Rinke een speelse tik tegen haar schouder. Deze kijkt op haar beurt opzij en geeft een knipoog terug. Ze hebben de terp nu ook wel gezien en het wordt tijd dat ze op zoek gaan naar een terras om koffie te drinken en wat te gaan eten. Als het maar niet te dicht in de buurt van de natuur is, anders krijgen ze Priscilla de auto niet uit. Rinke stapt weer achter het stuur en Priscilla checkt eerst uitgebreid haar kleding en sjaal op eventuele achtergebleven mieren, maar kan er geen ontdekken. Ze zoekt tevens in haar tas naar een geschikte crème voor de rode bultjes op haar armen en masseert deze voorzichtig in. In het dorpje, waar ze doorheen gereden waren voordat ze bij de terp aankwamen, was wel een gelegenheid tot koffie drinken, maar geen van drieën hebben zin om daar te gaan zitten. Dan liever een andere afslag nemen en een groter dorp zien te vinden, waar ze iets meer anoniem aan kunnen schuiven. Volgens de ANWB paddenstoelen die ze onderweg zijn tegengekomen, zijn ze niet ver verwijderd van Dokkum, al is die stad niet erg avontuurlijk. Bovendien lijken alle grote winkelstraten van alle steden in Nederland op elkaar en Friesland is daar helaas geen uitzondering op. Ze houden de richting van Drachten aan, zodat ze niet op de ring rond Leeuwarden uitkomen en daarvoor moeten ze toch kleinere wegen aanhouden. Wegafzettingen komen ze in ieder geval niet meer tegen en het weer nodigt uit tot het openen van de ramen en het draaien van lekkere muziek. Esther zit weer met de handen in de linnen tas met cassettebandjes en graait er doorheen als een klein kind in een zandbak. Op de achterbank neuriet Priscilla mee met de muziek en ze lijkt het drama met de mieren op de terp alweer vergeten te zijn. Niet al te ver boven het dorp Bergumerdam ligt het gehucht Huldegaryp. Het klinkt de meiden als een uitroep van verassing in de oren. Ze rijden over de klinkerweg de spoorweg over en zo het plaatsje binnen. De weg is niet erg hobbelig, maar heeft aan weerszijden diepe geulen van zwaar verkeer dat hier regelmatig overheen is gereden.

'Huldegaryp!', roepen ze alledrie tegelijk bij het passeren van het plaatsnaambord. Aan weerszijden van het bord staan grote vrijstaande huizen. Het plaatsje valt onder de gemeente Tytsjerksteradiel wat geen van drieën uit kan spreken zonder over het woord te struikelen. Ze vervolgen hun weg langs het spoor en halverwege het station houden ze een korte stop om te tanken bij de Frije Pomp. Rinke rijdt liever niet op minder dan een kwart tank, ook al zegt haar moeder dat ze dan nog zeker vijftig tot tachtig kilometer kan rijden.

'Ik denk niet dat we in dit dorp iets vinden om te lunchen', zegt Priscilla, 'het ziet eruit als een buitenwijk van een stad, helemaal geen sfeer.'

'Ik vrees dat je gelijk hebt, hoe komen we hier weer uit?'

Eenmaal buiten het plaatsje vinden ze toch een café met een klein terras waar voldoende plek is en waar ze kort neer kunnen strijken. Op een moment als dit, op een terras met vriendinnen, een kop koffie waar ze haar beide handen omheen kan leggen en verwarmen, mist Esther haar vleugel. Ze zou zo graag nu haar kat op de grond zien liggen spelen met de zachte witte pootjes om de donkere poten van de grote vleugel. Ze zou dan niet hoeven praten als ze daar geen zin in heeft, zoals nu. Het geluid dat de vleugel voortbrengt is haar stem en in dat geluid kan ze meer emotie kwijt dan via andere wegen. Het enige dat Esther nu in haar handen heeft, is een crèmekleurige kom van porselein met een oortje eraan. Door het oor steekt haar duim en met haar vingernagels tikt ze ritmisch tegen de rand van de mok. Het geluid verandert naarmate ze meer koffie drinkt. Haar vriendinnen hebben dit niet door of negeren het gewoon en zijn druk met elkaar in gesprek over het werk dat ze samen hebben gedaan, de sfeer op kantoor en de lekkere mannen die er werkten. Esther glimlacht. Enkele krullen raken los uit haar haarclip, worden willoos meegevoerd door de wind en dansen op het ritme van haar vingers.

XI

De middag verloopt verder zonder noemenswaardige incidenten of voorvallen. Alleen juist als je naar iets op zoek bent, kun je het niet vinden. In het plaatsje waar ze eerder deze middag waren, reden ze tot twee keer toe langs een hotel met restaurant en nu kunnen ze niets vinden. Het liefst zouden ze weer iets vinden om te eten en te relaxen en dan ook nog blijven slapen op dezelfde locatie. Rijden om iets te vinden is echt niet hetzelfde als rijden om het rijden. Tijdens het zoeken vallen bijzondere details in het landschap minder op. De kleuren die verschieten naarmate de middag vordert valt de meiden nu minder op dan eerder die dag of de dag ervoor. De geuren die door het raampje, dat dichter is gedraaid, naar binnen kruipen, kan de meiden nauwelijks boeien en irriteert hen meer dan dat het hen in vervoering brengt. Zelfs het licht dat in het Noorden nooit helemaal hetzelfde is valt hen niet op. De roep van hun lichamen om eten en het strekken van de ledematen spreekt hen nu het meeste toe. Ze hoeven niet lang te wachten op een eenvoudig restaurant in het volgende dorp, maar zo goed als de vorige avond is het eten niet. Het eten en de sfeer zijn hier even eenvoudig en het eten wordt bijna mechanisch naar binnen gewerkt, zoals ze thuis wel eens eten met het bord op schoot voor de televisie. Door de afleiding van de beeldbuis en de combinatie van bewegend beeld met geluid, worden de smaakpapillen verdoofd en alleen de kaken en slokdarm doen dan nog hun werk. Alleen Priscilla denkt na over wat er met het eten gebeurt of kan gebeuren als het eenmaal haar lichaam binnendringt. Zodra zij de controle verliest en geen invloed kan uitoefenen schiet zij altijd licht in de stress waardoor haar slokdarm samentrekt en het voedsel niet de normale gang naar beneden kan voortzetten. Het hele proces van eten duurt dan ook langer en haar maag protesteert dan ook bijna elke keer. Dit protest wordt regelmatig verkeerd geïnterpreteerd en Priscilla zegt dat ze voldoende heeft gegeten terwijl haar lichaam eigenlijk vraagt om meer. Wegens dit gebrek aan zelfinzicht menstrueert ze onregelmatig, heeft ze het altijd koud en is ze vatbaar voor ziektekiemen. Tussen haar oren speelt zich dus iets anders af dan binnen in haar lichaam. Het enige dat helpt om haar gevoelige maag te kalmeren is slappe thee.

Na het eten wisselen Rinke en Priscilla van plaats in de auto en zit Rinke weer achterin. Eerst zit ze nog enige tijd met haar lange benen tussen de voorstoelen, maar niet veel later, na enkele spastische bewegingen in alle uithoeken van de achterbank, weet ze haar benen onder zich te vouwen op de achterbank en doezelt weg. Esther en Priscilla speuren de zijwegen af naar een hotel zodat ze vroeg kunnen crashen deze avond, in elk geval voordat het donker wordt.

Ofschoon de schemering nog niet eens is ingezet, hebben een aantal automobilisten hun lichten al aan en dat stoort in het gezichtveld van Priscilla. Esther is het met haar eens dat ze aan de Provinciale weg niet snel iets zullen vinden om te overnachten. Zodra de volgende gelegenheid zich voordoet gaan ze van de grote weg af en hebben meteen geen last meer van tegenliggers en bumperklevers. Op de weg die ze net hebben verlaten, lijken de automobilisten nogal haast te maken met welke bestemming ze ook voor ogen hebben. Omdat de meiden helemaal geen tijdsplanning hebben en nergens echt moeten zijn rijden ze rustig en bovendien durft Priscilla wel te rijden, maar niet zo snel. Langs de kant van de weg staat een driehoekig verkeersbord met een dikke rode rand en een springend hert erin dat Priscilla niet ziet, omdat ze haar aandacht meer bij de weg heeft. Esther heeft het verkeersbord echter wel gezien.

'Je moet af en toe toch even opzij kijken hoor, misschien dat je een glimp opvangt van een hert of fazant. Die heb je hier veel in deze streek.'

'Zolang ze maar in het bos blijven en niet de weg op gaan', huivert Priscilla en trekt licht haar schouders op en naar elkaar toe.

'Dat zal wel meevallen, ze houden niet zo van asfalt en verkeer', zegt Rinke die inmiddels overeind gekomen is. 'Wil jij
weer achterin zitten Esther? Ik kan geen lekkere houding
vinden en slapen kan ik niet echt in een auto.'

De meiden zijn inmiddels niet ver boven Appelscha en in de
buurt van het Drents-Friese woud. Esther heeft erop aan-
gestuurd dat ze in deze regio terechtkomen, wellicht dat ze
nog ergens komt waar haar familie ondergedoken zat in de
oorlog. Priscilla kijkt even opzij en ziet regelmatig vogels
maar heeft geen flauw idee welke soort. Als de weg een paar
honderd meter verder breder wordt stopt Priscilla de auto
bij de oprit voor een hek naar een weiland. De auto had niet
dichter bij het hek geparkeerd moeten worden, want de
aarde loopt hier schuin naar beneden en in de grond zijn
diepe sporen zichtbaar van een zware tractor. Alledrie
stappen ze even uit waarbij Priscilla met haar ellebogen op
het dak van de oude Volvo leunt, Esther op de achterbank
gaat zitten met de deur open en Rinke behendig over de
tractorsporen springt en bovenop het hek klimt.

'Kijk daar!'

'Waar?'

'Nou daar! Een biddende roofvogel!', roept Rinke van
bovenaf het hek en gebaart met gestrekte arm schuin over
het weiland achter het hek. 'Geen idee wat voor een het is,
maar ik vind ze altijd zo fascinerend als ze stilstaan in de
lucht.'

'Het zou een valk kunnen zijn, of eerder nog een buizerd.
Kijk maar hoe deze vliegt met enkele vleugelslagen, dan kort
zwevend en dan weer een paar vleugelslagen', merkt Esther
wijs op, 'thuis heb ik een boek over roofvogels.'

'Ooh, kijk! Wat doet hij nu?'

De buizerd duikt heel snel naar beneden naar het weiland,

spreid zijn vleugels uit en strekt de poten strak naar voren. De meiden zien alleen nog een wild gefladder. Ze horen wel een gekrijs, maar het is volstrekt onduidelijk van wat voor beest dat afkomstig is. Het doel van de buizerd kunnen zij niet zien, evenmin als de prooi die in doodsangst verwikkeld is in een gevecht op leven en dood. Een bitterzoete symfonie van veren en pluis.

'Waarschijnlijk heeft hij een muis gevangen of een andere vogel. Misschien zelfs een konijn. Volgens mij houdt hij iets vast in zijn snavel.'

'Ooh, bah. Ik wil het niet zien. Ik vind dat zo zielig', zegt Priscilla met een trillende hoge stem en wendt haar hoofd af.

Esther daarentegen zou het tafereel wel van dichterbij willen zien en baalt dat ze geen verrekijker bij zich heeft. De natuur moet haar loop hebben en eten en gegeten worden hoort daar nou eenmaal bij. 'Tja, dat is de natuur. Het zit in de aard van het beest. Hij kan zijn aard niet veranderen.'

Verderop in het weiland trekt de roofvogel stukken vlees en vel van zijn onbekende prooi, maar de meiden slaan hier geen acht meer op en rijden verder. De schemering begint gestaag in te zetten en voor het donker willen ze toch wel een plek vinden om te overnachten. Iets verderop zien ze een bord waarop staat dat niet veel verder een hotel met camping is. De sfeer in de auto gaat hierdoor flink vooruit en de herinnering aan de gevangen prooi van de buizerd wordt verdrongen naar de achtergrond. Ongeveer vijfhonderd meter verder vinden de drie vriendinnen een gebouw dat een hotel zou kunnen zijn. Er brandt geen licht en de tuin en oprijlaan zijn overwoekerd door onkruid. Teleurgesteld en met minder vertrouwen rijden ze verder. Dit keer is het Rinkes beurt om muziek uit de linnen tas te vissen en duwt ruw een cassette bandje van The Verve in de autoradio.

'Wat is dit voor herrie? Vreselijk!'

'Je moet er even aan wennen, maar dan wordt het leuk. Het nummer gaat erover dat je je aard niet kan veranderen en gewoon je weg moet vervolgen. Net zoals jij nu doet. De enige kant die we op kunnen is rechtdoor, als je niet dwars door prikkeldraad en een weiland wilt tenminste.'

I can change, I can change
But I'm here in my mold
I am here in my mold
And I'm a million different people
from one day to the next
I can't change my mold
No, no, no, no, no

De weg wordt intussen minder glad en het asfalt vertoont scheuren en donkere plekken waar de weg is opgevuld met stenen. De vering van de Volvo kan de meeste gaten en hobbels soepel opvangen al wordt het rijden minder comfortabel. Op het moment dat de weg weer gladder is schiet er iets uit het struikgewas langs de weg. De auto rijdt over iets heen dat geen harde, maar eerder een zachte hobbel is, waar eerst het linker voorwiel overheen rijdt en meteen daarna het linker achterwiel. De auto slingert kort een klein beetje door deze enigszins onbekende glibberige hobbel, maar blijft midden op de weg.

'Ooh, wat was dat?', vraagt Priscilla verschrikt. Ze durft Rinke niet aan te kijken, omdat ze de weg in de gaten wil houden en eigenlijk meer omdat ze niet in haar ogen de verschrikkelijke waarheid wil zien waar ze net werkelijk overheen gereden zijn. Gelukkig haalt Rinke onverschillig haar schouders op.

'Geen idee, ik heb niet echt iets gemerkt en volgens mij Esther ook niet. Die ligt vast al te slapen. Dat lijkt me zo relaxt als je overal kan slapen.'

Esther opent een oog, mompelt iets onverstaanbaars en trekt haar sjaal verder over zich heen. Hoe hobbeliger de weg wordt, hoe verder zij wegzakt in haar onderbewustzijn en afdaalt naar de wereld van haar eigen dromenland. Buiten verandert het frisse groen van de horizontale takken via olijfgroen naar donker mosgroen. De kracht van het zonlicht neemt zienderogen af en dringt steeds moeilijker door het dikker wordende bladerdak heen. Het laatste uur zijn de drie meiden geen enkele andere auto meer tegengekomen, zelfs geen tractor. De boeren vinden het weer waarschijnlijk nog te warm om te beginnen met de oogst. Door het voorval met iets onbekends waar Priscilla eerder overheen is gereden en de aanval van de buizerd verandert haar rijgedrag van redelijk zeker naar onzeker. Het interesseert haar minder dat er haren in het gezicht worden geblazen die ze in elke andere situatie meteen weg zou vegen. Haar beide handen wil ze nu graag aan het stuur houden om een eventuele nieuwe situatie het hoofd te kunnen bieden en het liefst uit de weg te gaan. De schemering maakt plaats voor duisternis en Priscilla doet het grote licht aan op aanraden van Rinke, die gelukkig meedenkt naast haar. De auto geeft moeilijk mee en de weg heeft meer controle over de richting van de auto dan Priscilla. Ze houdt het stuur nu vast als het roer van een schip in een storm op zee en zo voelt de auto ook aan op de steeds minder begaanbare weg. Het voelt alsof onzichtbare handen het stuur proberen over te nemen en vechten om de macht over het stuur. Op het moment dat Priscilla diep adem wil halen en iets wil vragen aan Rinke roept deze hard, 'kijk uit!'. Voor hen reflecteert het witgele licht van de koplampen in twee opengesperde donkerbruine ogen van een schim die over de weg schuift. Priscilla gilt, probeert een ruk aan het stuur te geven en tegelijkertijd te remmen. De auto slipt en ze kan niet meer voorkomen dat de figuur op de weg wordt geraakt en de auto dwars op de weg tot stilstand komt en nog even doorschiet tussen de bomen door. Van buiten klinkt evengoed een schreeuw waarbij niet duidelijk is of deze afkomstig is van een mens of een dier. Zeker is wel dat er onder de auto of ernaast iets of

82

iemand ligt die is aangereden. De galm van de schreeuw vermengt zich met het geluid van de harde doffe bonk van de vallende figuur op de motorkap, als twee strengen van een touw dat wordt doorgesneden en uiteenrafelt. Beide geluiden klinken nog na tussen de bomen en sterven dan langzaam weg.

XII

De duisternis is volledig ingezet en niets aan de hemel geeft
de suggestie dat daar enkele uren geleden nog een grote bal
van vuur, warmte en licht verspreidde. Er zijn zelfs geen
kleurschakeringen op de wolken meer zichtbaar, zoals een
uur geleden en bijzonder weinig sterren. Het is de hele dag
vrij drukkend weer geweest en nu valt de verlossende regen.
In striemen valt het water uit de lucht en onttrekt langzaam
maar zeker de bosrand aan het oog van de boer. Hij staat
voor het open raam van zijn slaapkamer en zijn gezichtsveld
wordt met de minuut nauwer. Hij zet zijn stevige handen
tegen de vensterbank, kijkt met gebogen hoofd naar beneden en zucht. De zucht komt vanuit zijn voeten en trekt
met een siddering door zijn oude lichaam en ontsnapt via
zijn luchtpijp. Het is de vooravond voordat de maïsoogst
begint en het is belangrijk dat hij juist deze nacht goed
slaapt. Er hangt echter iets in de lucht waardoor hij de slaap
niet kan vatten en door de slaapkamer heen en weer ijsbeert.
Er hangt duidelijk verandering in de lucht. Niet alleen omdat
de zomer overgaat in de herfst, niet slechts de wisseling van
seizoenen die haast onbemerkt haar intrede voorbereid heeft
en nu uitvoert. Het is ook niet slechts verandering van weer
na de reeks buitengewone warme nazomerdagen deze september. Het is de warmste september sinds jaren. De boer
kan niet meteen zijn vinger leggen op wat hij voelt. Hij sluit
het raam en de gordijnen, neemt enkele stappen terug naar
zijn bed en gaat op de rand zitten. Met het weer heeft hij
redelijk geluk gehad afgelopen week. De maïs staat er goed
bij op het veld en het hooien is achter de rug. Alle hooi ligt
opgeslagen op de zolder van de hooischuur, verpakt in nette
balen met daarbij nog los hooi van het gras rondom de
boerderij. Het viel niet mee dit jaar om alle balen naar de
zolder te tillen, maar de klus zit er op. Daar gaat het om.
Zijn handen glijden door zijn dunner wordende haar en
grijpen het vast. Zo blijft hij even zitten op de rand van het

bed. Niet veel later hoort hij, in nog steeds dezelfde houding, piepende remmen van een auto en een geluid dat lijkt op een bons. Dan blijft het even stil en hoort hij een langgerekte schreeuw wat zowel van een gewond dier of een mens kan zijn. De geluiden komen niet van heel dichtbij, de boer schat zo'n paar honderd meter. De weg naar de boerderij wordt door hem vrij weinig gebruikt en bezoek krijgt hij ook nauwelijks. Op de maïs na is het weinige dat hij produceert voornamelijk voor eigen gebruik. Als er te veel dieren zijn op de boerderij slacht hij ze eigenhandig en hij weet hoe hij vlees kan conserveren. De conditie van de weg is bovendien zo slecht geworden in de loop der jaren, dat zelfs toeristen de weg mijden. Er is bovendien niets in een straal van vijf kilometer rondom de boerderij dat ook maar enigszins interessant zou kunnen zijn voor toeristen, behalve misschien het bos. Over het bos gaan verhalen de ronde waardoor mensen uit deze streek er liever omheen lopen dan doorheen. De boer heeft er wel voor gezorgd dat hij zoveel mogelijk met rust gelaten wordt. Pottenkijkers kan hij nog steeds na al die jaren niet gebruiken. Hij zet zijn handen op zijn knieën, duwt zichzelf overeind en loopt wederom naar het raam. Hij schuift de gordijnen opzij en doet het raam weer open. Het geluid van de neerkomende regen komt hem tegemoet en de geur van ozon dringt zijn neusgaten binnen. Hij houdt van deze geur en zuigt zijn longen vol. Regen maakt geuren van planten en überhaupt van de boerderij losser en toont hun kenmerken op een andere manier. Hij gelooft dat het nu overal regent, niet alleen in Friesland. Met zijn hand boven zijn ogen tuurt hij als een indiaan in de verte en probeert met het waterige maanlicht iets waar te nemen in de richting waar het geluid van de auto en de ijselijke schreeuw zo-even vandaan kwamen. Door de duisternis en de regen is er vrij weinig te zien behalve bomen die zwiepen in de wind. De forse bomen dichterbij de boerderij werpen grillige schaduwen op het gebouw en maken het zicht naar buiten er niet eenvoudiger op. De boer laat het

raam open staan zodat de ozon bezit neemt van de slaapkamer. Hij haalt zijn schouders op en gaat op het bed op het
laken liggen. Het is inmiddels bijna middernacht en niet veel
later valt hij in slaap. Hij ziet daardoor niet meer hoe drie
schaduwen zich losmaken van de bosrand, voorovergebogen
richting de boerderij lopen en ondertussen overleggen of ze
gaan aanbellen of toch beter achterom kunnen lopen, omdat
dat nou eenmaal zo hoort. De boer hoort ook niet dat de
deur van de schuur van de klink wordt gehaald en hoe de
drie schaduwen naar binnen schuiven en de deur weer achter
zich sluiten.

Een paar uur later is de zon al op en streelt het landschap
dat nog nat is van de regen en dauw. Het vocht op het veld
verdampt slechts langzaam. Een dunne laag mist waait over
het grasveld rondom de boerderij richting de bosrand en
verdwijnt tussen de bomen. De dieren ontwaken door het
zonlicht en de haan laat van zich horen in een diepe rauwe
uitroep. De kippen fladderen op hun stok en struikelen meer
dan dat ze van de loopplank naar beneden lopen en ploffen
neer in het stro van hun hok. Buiten komen hun witte
nekken nauwelijks boven de mist uit en vormen slechts bewegende rode stippen op een half transparante witte deken.
Door het zonlicht, dat voorzichtig door het open slaap-
kamerraam naar binnen schijnt en door zijn aangeboren
bioritme ontwaakt de boer uit een diepe slaap. De nacht-
merries waar hij de laatste paar weken last van had, waarschijnlijk door de voor het seizoen te warme nachten,
hebben hem deze nacht met rust gelaten. Hij rekt zich uit en
wrijft over zijn borst, waar grijs borsthaar eigenwijs in allerlei
richtingen groeit. Hij loopt naar de kleine badkamer die aan
de slaapkamer grenst en kijkt kort in de spiegel. Hij gooit
koud water over zijn gezicht en schouders, wast zijn oksels
en armen met een washandje en gooit nogmaals koud water
over zijn hoofd en grijze haar. Hij kamt werktuigelijk een
strakke zijscheiding in zijn haar en kijkt weer op in de
spiegel. De ogen die hem aankijken zijn helder blauw van

kleur onder hangende oogleden. Hij is oud geworden. Hij voelt zich ergens nog steeds een twintiger, maar zijn gezicht verraad zijn ware leeftijd. Nog driekwart jaar en hij wordt zeventig. Toen hij in de jaren vijftig nog echt een twintiger was en het lichaam van een jongeman had, was hij niet onknap om te zien en weigerde te werken op de boerderij van zijn ouders en grootouders. Hij woonde een tijd in de stad en trok rond op zijn motor. De helm verpestte zijn zorgvuldig gekamde vetkuif en daarom liet hij deze meestal achterwege en hing de helm dan aan het stuur. Hij scheurde over de dijk heen en weer en nam vaak meisjes mee achterop die dan zijn helm droegen en gilden als hij te hard reed. De boer glimlacht in zichzelf. Zijn gezicht vertoont nu eerder groeven dan rimpels en is bruin verkleurd door de zon. Het werken in de buitenlucht heeft de nodige sporen achtergelaten. Zijn huid doet denken aan een miniatuur landschap van pas omgewoelde grond met een vastberaden trek om zijn dunne lippen die af en toe verbeten is. Alle elasticiteit is uit zijn huid verdwenen in de loop der jaren. Hij neemt een kleine hoeveelheid brylcreem, pakt de kam weer op, kamt zijn haar aan de zijkanten van zijn hoofd omhoog. Hij pakt de pluk haar die over zijn voorhoofd valt beet tussen duim en wijsvinger. Hij draait de pluk haar een kwartslag en legt deze naar achteren. Het haar van de boer is veel te dun om een fatsoenlijke vetkuif van te maken en de zorgvuldig opgebouwde sculptuur valt zonder geluid of waarschuwing uit elkaar. De boer kamt zijn dagelijkse scheiding terug en kleedt zich zwijgend aan. In de keuken maakt hij ontbijt klaar voor zichzelf, een flinke stapel boterhammen met spek, augurk en ei. Vandaag is de grote dag en het is belangrijk dat hij voldoende eten bij zich heeft, want voor zonsondergang zal hij niet terug zijn. Eenmaal buiten loopt hij de schuur voorbij waar de nachtelijke bezoekers liggen te slapen en stapt op zijn tractor. Hij start de motor die meteen aanslaat en rijdt vanaf de boerderij richting het maïsveld.

Vanaf de boerderij is niet te zien wat er verderop in het

maïsveld gebeurt. Als iemand in de buurt was geweest had die kunnen zien dat niet aan de kant van het bos, maar aan de andere kant, het noordwesten, een tractor een stofwolk veroorzaakt van enkele meters lang, die ruim boven het maïsveld uit komt. De stofwolk verplaatst zich slechts langzaam. Op de tractor zit de boer met achter zich de oogstmachine. De oogst lijkt vrij goed te zijn dit seizoen, maar de machine raakt snel verstopt en daardoor gaat het oogsten moeizaam. Om de paar honderd meter stapt de boer af en trekt enkele stengels tussen de bladen vandaan en gooit deze opzij. Sommige maïskolven willen niet loslaten uit hun veilige nest van zachte buigzame schutbladeren en deze moet hij handmatig lostrekken of loswrikken met een kapmes. Bijna alle maïskolven hebben een mooie goudgele glans en de meeste maïskorrels staan op barsten. Ze verdringen zich om aandacht en warmte van de zon. Ze persen elkaar naar buiten toe waardoor de maïskolven rond en vol zijn. Als de boer met zijn duim op de maïskorrels drukt, geven deze even mee. Maïs mag dan voedzaam zijn voor zowel mens als dier en ook goed in de markt liggen, het is niet de enige reden waarom het land van de boer grotendeels uit maïs bestaat. De planten bereiken al vroeg in het voorjaar een grote hoogte waartussen een volwassen man van enkele meters afstand niet of nauwelijks te zien valt. Door het maïsveld kunnen mensen ongezien van de boerderij naar de stallen lopen en omgekeerd. Voor ongewenste indringers heeft de boer een alarmsysteem en klassiek schrikdraad, maar hij heeft ook altijd een geweer bij zich. In de afgelopen veertig jaar is de boerderij niet veel veranderd en slechts licht gemoderniseerd. Veel contact met buren heeft hij niet. Sinds zijn ouders zijn weggevoerd in de jaren veertig en hij alleen achterbleef, de boerderij heeft moeten overnemen en draaiende houden heeft hij alle contact met buren verbroken en mijdt het dorp. De ouderen in het dorp kennen zijn geschiedenis en laten hem met rust. De jongeren weten vaak niet eens van zijn bestaan en blijven tegenwoordig toch niet meer wonen in het dorp en willen naar de stad, die een grote aantrekkingskracht op hen uitoefent. Nog een reden voor het verbouwen van maïs en niet bijvoorbeeld aardappelen is het feit dat in de jaren veertig aardappelen werden gepland op mijnenvelden. Bij wijze van spel tussen jongens onderling sprongen ze over mijnen heen en groeven aardappels uit om er vervolgens mee te gooien naar elkaar en naar de Duitse soldaten. Soms gooiden deze ook aardappels terug, of chocolade. De boer en zijn vrienden wisten de mijnen blindelings te vinden en konden aan de grond zien waar een mijn lag en waar niet. Hoe verder de oorlog vorderde hoe behendiger ze hierin werden. Dit ging maandenlang goed totdat een van de jongens achter een uitloper van een struik bleef hangen en struikelde. Hij heeft het niet na kunnen vertellen en het enige dat er van hem over bleef, was een zwaar beschadigd hoofd dat terechtkwam bij de voeten van de jonge boer. Het beeld van het hoofd dat hij in een papieren zak bij de moeder van het slachtoffer afleverde, heeft hem nooit los gelaten en heeft hem nog vaak 's nacht wakker laten schrikken. Na deze dag veranderde de oorlog voor hem. Maïs en mijnen gaan niet samen, omdat maïs niets tussen zich in duldt.

Als de motor van de tractor afslaat met een krakende zucht ontwaakt de boer uit zijn herinneringen en veegt enig zweet van zijn voorhoofd. Vandaag is het eigenlijk te warm om te oogsten, maar niemand anders doet het. Dan herinnert hij zich de knal van de vorige avond en de bedompte schreeuw die daarop volgde. Het zou best kunnen zijn dat er iemand op de weg was dicht bij de bosrand. Voordat het donker wordt zou hij moeten gaan kijken. De boer laat de tractor afkoelen en klimt er van af en baant zich vervolgens een weg door het maïsveld. Enkele stengels slaan hem onderweg in het gezicht en laten lichte striemen achter. De kleur van de grond verandert naarmate hij dichterbij de bosrand komt. Vroeger heeft hier een geul gelopen die gebruikt is voor tanks, maar al snel na de oorlog dicht is gegooid. Het kleurverschil is altijd gebleven en alleen zichtbaar na een forse regenbui, zoals de afgelopen nacht. Zodra de boer bij de weg aankomt, ziet hij dat er andere sporen lopen dan van zijn eigen tractor, ondanks de regen die een deel van de sporen heeft uitgewist. Hij volgt de sporen richting de boerderij en ziet al snel een hoekige vaalblauwe vorm tussen de bomen. Dichterbij blijkt het inderdaad een vreemde auto te zijn en de boer legt een gerimpelde hand op de koude motorkap. Hij gromt even en mompelt, dan kijkt hij door de raampjes naar binnen en voelt aan de handgrepen van de portiers. In de auto ligt op de achterbank een sjaal en een vest. De deuk in de motorkap ziet er niet goed uit en het zal enig werk kosten om deze te herstellen. De auto ligt erg scheef in de greppel en kan er alleen maar uit komen met behulp van een tractor. De boer heeft de tractor nodig voor de oogst dus de komende twee of drie dagen zullen de eigenaars van de auto elders moeten overnachten. De boer vermoedt dat ze wel in de schuur logeren omdat die deuren nooit op slot zitten. Niemand haalt het tenslotte in zijn hoofd om hooi te stelen. Dan draait hij zich om en begeeft zich op weg terug naar de tractor. Het heeft geen zin om nu te bekijken wie er in de schuur is of op het erf. Hij zal vanavond kijken wat hij kan doen.

XIII

Op de tafel staat weer een fles wijn met vier wijnglazen. De wijn is nog niet ingeschonken en staat te ademen. Het is een warme nazomeravond en de zon gaat langzaam onder in veel tinten die langzaam in elkaar vloeien. De kleuren doen denken aan een olievlek die zich langzaam richting een put op straat verplaatst en daarin verdwijnt, alleen stromen de kleuren nu richting de plek aan de horizon waar nog net een afgeplatte ellips van de zon te zien was. De kleuren spelen een spel met elkaar, waar niemand invloed op heeft en alleen kan aanschouwen. De lange houten tafel staat buiten en niet meer in de keuken en in de hoge wijnglazen weerspiegelen de kleuren die zich verplaatsen over de lucht. Naast de glazen ligt een schaal met aantrekkelijke appels in dezelfde kleuren, zachte groentinten en schakeringen van rood via scharlaken tot roze. Om de tafel heen staan geen stoelen maar krukken. Priscilla zingt een lied dat het midden houdt tussen Duits en Bulgaars wat de anderen niet helemaal verstaan, maar toch meezingen. Het refrein klinkt als *Liebeskummer lohnt sich nicht*. Rinke en Esther dansen met elkaar terwijl Priscilla een maïskolf voor zich houdt als een microfoon. Ze draagt een transparante grijze jurk, die is afgezet met een zwarte bies aan de korte mouwen en hals. Na dit nummer vleit ze zich tegen een boom en zingt een ander nummer, waarbij de anderen meeklappen. Het haar van Priscilla zit gedraaid in grote krullen aan de zijkant van haar hoofd, zoals vrouwen dit droegen in de jaren veertig en vijftig. Rinke en Esther hebben beide kammen van parelmoer in het haar die het op de plek houdt, naar achteren. Rinke draagt een mosgroene satijnen rok die soepel om haar heupen valt en een satijnen blouse. Esther draagt een lange jurk van soepel vallende vuurrode chiffon. Ze fluiten beide op de maat van de muziek. Plotseling fluit er iemand anders mee en blijkt dat de jongen met de donkere krullen weer van de partij is en helaas minder huid laat zien dan de vorige nacht. Zijn blouse is minder wijd en verder naar boven dicht geknoopt, waarbij zijn sleutelbeenderen nog net zichtbaar zijn. Er glinstert een zweetdruppel in zijn borstbeenholte. Hij heeft geen gitaar bij zich, maar wel een mondharmonica en springt behendig op de tafel en begint te tapdansen. De meiden dansen om hem heen en hun bewegingen worden steeds meer synchroon. Dan zet Priscilla nog een Duits lied in dat erg populair was gedurende de Tweede Wereldoorlog en Esther raakt in verwarring. Ze houdt helemaal niet van dit nummer, ze houdt helemaal niet van de Duitse taal en dus ook niet van Duitse muziek. Ze worstelt om los te komen terwijl ze toch nog door blijft dansen en betovert is door de melodie die de jongen op de tafel fluit. Ze kijkt hem enigszins kwaad aan met gefronste wenkbrauwen, maar hij lacht breeduit en knipoogt naar haar. Esther laat Rinke los en blijft stilstaan. Priscilla zingt ondertussen gewoon door, leunt ontspannen tegen de boom, trekt een been op en zet deze tegen de stam. Esther wil schreeuwen maar het geluid blijft steken in haar keel.

In het hooi is Esther de eerste die ontwaakt en zich afvraagt wat er kriebelt aan haar neus. Langzaam maar zeker herinnert ze zich dat er een aanrijding was de vorige avond, dat ze naar een boerderij zijn gelopen en in het donker een schuur zijn binnen gegaan. Esther kijkt om zich heen en ziet de schuur nu voor het eerst bij daglicht. Er zijn weinig ramen dus erg veel licht van buiten komt er niet binnen. Het aanwezige licht is warm goudbruin van kleur. In de schaduw neigt het naar de kleur van geronnen bloed. Boven haar hoofd lopen dikke houten balken waar zich waarschijnlijk een zolder bevindt. Er hangt duidelijk een plattelandslucht in de schuur, de geur van hooi, die zwaarder is dan pas ge-maaid gras, maar minder zwaar dan de geur van tabak in een sigarenwinkel. Naast haar liggen Rinke en Priscilla nog te slapen. Esther komt overeind en zakt daarbij half weg in het hooi. Erg veel weerstand biedt het niet. Ze kruipt moeizaam naar de rand van de hooibalen en laat zich op de grond zakken. De vloer van de schuur bestaat uit grote koude betonnen platen en ze trekt haar schoenen aan. Ze doet een paar stappen richting de deuren, waar ze vannacht door naar binnen zijn gekomen, en draait met haar rug daar naartoe. Ze heeft inderdaad onder een zolder geslapen en er staat alleen een smalle steile ladder die naar de zolder leidt. Op de zolder kan ze van hieraf nog veel meer hooi zien liggen. Het plafond van de schuur is vrij hoog, kan ze nu zien. Aan de achterkant van de schuur zijn grotere deuren waardoor het hooi wordt aangevoerd. Ze moet er niet aan denken dat er brand uitbreekt met alleen brandbare materialen om zich heen. Omdat de schuur een duidelijke L-vorm heeft moet een gedeelte ergens anders voor gebruikt worden. Half op de tast, omdat ze last heeft van nachtblindheid, gaat Esther op onderzoek uit en vindt een deur naar het tussengedeelte wat de schuur scheidt van de woning. De eerste deur die ze vindt zit op slot en nieuwsgierig als ze is gluurt ze door het sleutelgat. In de ruimte achter deze deur ziet ze net de vorm van een bad en daarboven een kraan met een brede mond. Over de rand van het bad hangt een zorgvuldig gevouwen handdoek. Dan ruikt ze iets dat in tegenstelling staat tot de bedompte lucht in de schuur, een meer prikkelende geur die ruikt naar iets dat verbrand is, maar geen hout, een zware geur die alleen afkomstig kan zijn van, koffie! Met een paar stappen staat ze in de deuropening van een keuken waar de wanorde overheerst. De grote eikenhouten tafel in het midden ligt vol met borden, en bloemkool, en glazen, en papieren, en boeken, en meer nog dat ze niet kan zien. Aan een korte kant van de ruimte is een grote schouw van donker hout met daarboven frisse tegels in blauw en wit met boeren voorstellingen erop en andere ambachten. Op de schoorsteenmantel staat een oude koffiemolen en groen uit-geslagen koperen gebruiksvoorwerpen. Aan de lange kant van de keuken is een lang aanrecht van graniet met een spoelbak met zwarte en witte tegels. Ze haalt haar hand hier overheen, haar ouders hadden vroeger net zo'n aanrecht, maar dan slechts de helft. De spoelbak voelt vettig aan. Esther trekt haar hand terug en veegt deze af aan haar jurk. Even verder op het aanrecht staat een thermosfles met koffie die zacht pruttelt en belletjes laat ontsnappen door de kieren in het rubber, dat blijkbaar niet goed afsluit. Op het gasfornuis laat een fluitketel nog een laatste wolk stoom ontsnappen. Esther aarzelt geen moment en zoekt in de kastjes boven het aanrecht naar een beker die schoon genoeg is om beet te pakken en spoelt deze grondig af. Dan schenkt ze de koffie in en snuift de geur op en sluit even haar ogen. Zonder koffie kan ze de dag niet beginnen. Ze pakt een van de houten stoelen die om de tafel heen staan en gaat zitten, met haar handen om de beker geklemd op haar schoot. Laat de anderen nog maar even slapen, de auto rijdt ook niet uit zichzelf weg. Daar laat ze Rinke wel naar kijken, want van motoren heeft ze geen verstand. Haar ver ontwikkelde intellectuele vermogens komen daarbij niet van pas. Even later schuift ze enkele spullen op de tafel opzij en loopt naar de deur die waarschijnlijk naar buiten leidt. Deze zit blijkbaar op slot want ze krijgt het met geen mogelijkheid open. Ze geeft het op, wil net weer gaan zitten en pakt haar beker met koffie in haar handen als iemand van buitenaf aan de deur morrelt. Van schrik laat ze de koffie uit haar handen vallen. De beker valt om en de kostbare koffie stroomt over de tafel en drupt op de vloer. Esther grist een theedoek van het aanrecht, gooit deze op de koffie op de grond en rent weg uit de keuken terug naar de schuur. De anderen slapen nog, maar worden wakker als Esther door de schuur rent en op de hooibalen klimt.

'Huh? Hoe laat is het? Waarom is het hier zo donker?'

'Opstaan meiden, het is een prachtige dag en er is koffie!'

'Koffie? Waar dan? Waar zijn we eigenlijk?'

Zowel Priscilla als Rinke kijken op hun mobiele telefoon en zien dat het al na tienen is en met name Rinke kan wel koffie gebruiken. Esther neemt hen bij de hand, nadat ze iets anders heeft aangetrokken en verteld over de badkamer die jammer genoeg op slot zit, de keuken vol troep en de koffie. Even aarzelen haar vriendinnen, maar ze haalt hen tenslotte over en neemt ze mee naar de keuken. De geur van koffie is niet meer alleen. Ze ruiken nu ook de lichte maar aangename geur van geroosterd brood, de vettige lucht van gebakken eieren, een spoor van gesmolten kaas en, tot grote afschuw van Esther, de ziltige lucht van gebakken spek. Ze weet dat anderen niet kosjer eten maar ze hoeft er niet mee geconfronteerd te worden. De meiden vragen zich af wie dit voor hen heeft klaar gezet, maar de nacht in het hooi heeft hen hongerig gemaakt en samen maken ze een deel van de tafel vrij, halen er een doek overheen en zetten de drie borden, die op het aanrecht staan, op tafel.

'Is dat kosjere spek?'

'Jij bent echt blond hè!'

Rinke vraagt zich af of de eieren wel biologisch zijn, maar Esther heeft kippen los rond zien lopen dus dat zit wel goed. Het bestek ziet er schoner uit dan de beker van daarnet. Esther zet de thermosfles ook op tafel en schuift aan. Ze merkt op dat ze het jammer vindt dat de badkamer op slot zit, ze zou zo graag even in bad gaan, waarschijnlijk heeft ze zelfs bruisballen in haar koffer zitten, ergens onderin. Maar misschien ook niet. Ze twijfelt over wat ze bij zich heeft en wat ze eigenlijk wil. Alleen ligt de koffer nog achterin de auto en die staat op zijn beurt nog half in een greppel op de zandweg, waar ze deze hebben achtergelaten na de aanrijding van de vorige avond. Na het ontbijt moeten ze echt richting de bosrand lopen en het bos in om te kijken of ze de auto aan de praat kunnen krijgen en of er schade is. Overdag durft Rinke wel alleen want Priscilla heeft het een en ander te doen in de schuur, waarschijnlijk spullen uitpakken en opnieuw inpakken en Esther wil afwassen in de keuken als tegenprestatie voor het onverwachte ontbijt.

Priscilla blijft maar zeuren over spullen die ze de vorige

avond niet hebben meegenomen en die ze toch nodig heeft en gaat met de nodige tegenzin maar met Rinke mee richting het bos. Als ze de auto aan de praat weten te krijgen rijdt Rinke het erf op van de boerderij belooft ze. Esther zet een dramatisch gezicht op, doet een kleine imitatie van het drama van Priscilla en geeft haar een knuffel alsof het bos uren lopen is. De vorige avond leek het misschien ook ver, omdat het donker was, omdat ze moe waren van de lange dag en omdat ze een licht trauma hadden opgelopen van de aanrijding. Buiten blijkt er nog een bad te staan, niet ver bij de schuur vandaan en een beetje beschut door bomen en een houten schutting, die onderhevig is aan verval door het weer, maar nog net dienst doet. Esther twijfelt hevig of ze dit bad zal gebruiken. Het is tenslotte buiten en ze weet niet wie er op de boerderij rondloopt, maar aan de andere kant is het buiten niet koud.

Onderweg naar het bos houdt Priscilla de eerste paar honderd meter Rinkes arm nog vast, maar als het gras rondom de boerderij overgaat in de hobbelige zandweg schudt Rinke haar los en zegt dat ze niet zo in haar arm moet knijpen.

'Jezus hé, je hoeft niet zo aan me te hangen. Het is niet dat er struikrovers rondhangen in het bos. We zijn in Friesland, niet in Genua. Hier gebeurt echt nooit iets.'

Net op dat moment vliegen er een aantal vogels op uit het struikgewas en Priscilla gilt. Zodra ze ziet dat het loos alarm is, haalt ze opgelucht adem en laat toe dat er enige fysieke ruimte ontstaat tussen haar en Rinke. Deze dag is even warm als de vorige en de meiden lopen al gauw minder snel omdat ze anders te veel zweten en ze niet weten hoe ze zich kunnen opfrissen op de boerderij. Het is echt warm voor de tijd van het jaar.

'Volgens mij herken ik de weg hier. Vanaf nu zouden we zo bij de auto moeten zijn.'

'Ook niet te vroeg, ik ben doodop en we zijn nog maar een half uur onderweg.'

Nog een half uur later, wat evengoed een kwartier zou kunnen zijn, komen de beide meiden aan bij de auto die nog steeds in dezelfde houding, half op de weg en half tussen de bomen, ligt, precies zoals ze deze hebben achtergelaten. Eerst lopen ze om de auto heen. Op de gril zitten sporen van bloed die niet door de regen zijn weggespoeld. Rinke brengt voorzichtig haar hoofd dichterbij, maar vertelt Priscilla niets om haar niet onnodig ongerust te maken. Er zijn geen sporen meer zichtbaar van een mens of dier dat zich tussen de bomen door naar het bos heeft gesleept. De motorkap heeft wel een deuk opgelopen. Daar zal Rinkes moeder niet blij mee zijn, die had namelijk al een lang slepend conflict met de autoverzekering over het eigen risico. Rinke baalt en dat is te zien aan haar voorhoofd dat samentrekt en eruit ziet als een opengebarsten schil van een overrijpe vrucht. De motorkap geeft niet meteen mee maar klikt open als ze er hard aan rukt. Aan die deuk en bloed-sporen valt op dit moment weinig te doen en het heeft bovendien niet de eerste prioriteit. Rinke gromt, draait de sleutel om in het slot aan de bestuurderskant van de auto, rukt de deur open en gaat zitten. Als ze probeert te starten maakt de Volvo een akelig geluid. De motor rochelt en kreunt en valt stil. Rinke vloekt half binnensmonds en half hardop en probeert nogmaals de auto te starten. Het geluid dat de motor de tweede keer voortbrengt doet enerzijds denken aan een citruspers dat fruit in het rond sproeit en anderzijds ook aan het ontstoppen van een gootsteen vol knikkers. Met een knal valt de motor stil. Het is onbegonnen werk het contactsleuteltje nog een keer om te draaien, er is echt iets kapot en ze hebben hulp nodig.

XIV

Ondertussen heeft Esther op de boerderij in korte tijd de afwas gedaan van het ontbijt en de geur van het spek is volledig verdwenen, net als de geuren van de eieren en helaas ook van de koffie. Gemalen koffie of bonen heeft ze niet kunnen vinden en daar is ze licht chagrijnig over. In de buffetkast tegenover het aanrecht en naast de schouw, heeft ze handdoeken gevonden die licht naar lavendel geuren. De contrasten in de keuken zijn erg groot wat betreft de reinheid van de spullen, het aanrecht en de tafel zijn chaotisch en vervuild terwijl de buffetkast erg proper is. Met een handdoek onder haar arm geklemd loopt Esther met grote stappen naar de badkamer tussen de keuken en de schuur. De deur zit nog steeds op slot, of alweer, waarna ze hard op de deur bonst en vraagt of er iemand is. Na een halve minuut komt er nog steeds geen antwoord en überhaupt hoort ze geen geluiden vanaf de andere kant van de deur. Ze zucht en loopt via de schuur naar buiten naar het andere bad net buiten de schuur. Dit is helaas geen emaille bad, maar een duifgrijze zinken kuip met een langgerekt ovaal als grondplaat. De rand is aan een kant hoger en vormt daarmee een hoofdsteun. Door de regen van de afgelopen nacht staat er een laag water in de kuip dat door de zon al een beetje is opgewarmd. In het water drijft een geel rubberen badeendje. Esther glimlacht. Niet ver bij de kuip vandaan staat een zwarte regenton die warm aanvoelt als Esther haar hand erop legt. Wat ze nu nog nodig heeft is een emmer heet water uit de keuken, die ze na het leeggooien in de kuip kan gebruiken voor het aanvullen van water uit de regenton. Ze legt de handdoek over de rand van de kuip en loopt rustig terug naar de keuken. Ze zoekt zeep en een emmer, vult deze laatste met gloeiend heet water uit de kraan, loopt met de zware emmer die tot de rand is gevuld terug naar de kuip buiten en leegt voorzichtig de inhoud ervan in het laagje water in de kuip. Daarna vult ze de emmer anderhalf keer

met regenwater uit de regenton, totdat het water in de badkuip een aangename temperatuur heeft. Even twijfelt ze
weer of ze zich wel buiten uit kan kleden op het erf van een
onbekende boerderij, waar ze naast haar vriendinnen nog
geen enkel andere levende ziel heeft gezien. Er komt damp
van het water af en Esther laat snel de jurk van haar
schouders glijden, huivert even, kijkt om zich heen en stapt
voorzichtig over de rand en laat zich zakken in het wel-
dadige water. Er is nog genoeg ruimte over voor iemand
anders fantaseert ze. Het stuk zeep uit de keuken laat ze
rollen tussen haar natte vingers en vormt al snel een laagje
schuim op het water en onttrekt haar lichaam aan het
gezicht. Alleen de bovenkant van haar borsten en haar hals
en gezicht steken nog boven het water uit en af en toe het
topje van een knie. Esther geniet van de lichte kriebeling die
het water veroorzaakt op haar huid. De zeep geurt naar
honing en kamperfoelie en ze laat dit langzaam onder water
over haar huid glijden, van haar onderbenen naar haar
bovenbenen, via haar heupen over haar buik, tussen haar
borsten door, over haar schouders en langs haar armen naar
haar handen. Haar vingers vinden dan haast vanzelf haar
meest gevoelige plekje en glijden haar warme holte binnen.
Warm water valt dan over haar rug naar beneden en het
duurt even voordat ze door heeft dat dit door iets of iemand
anders moet komen buiten haarzelf. Ze had net de ogen
gesloten maar opent ze weer en kijkt schuin ophoog en richt
zich even op in het water waarbij haar borsten net boven het
schuim uit komen. Op de rand van het bad zit de jongen
met de donkere krullen die ze eerder heeft gezien, alleen
herinnert ze zich niet meteen waar, of in welke setting. Hij
draagt een tuinbroek waarvan slechts één band vast zit over
zijn schouder en de andere nonchalant afhangt. De tuinbroek zit vrij laag, waardoor zijn heupen zichtbaar zijn en de
botten zijn zichtbaar door zijn huid heen. Ondanks het feit
dat hij onverwacht op de rand van het bad is gaan zitten
schrikt ze niet, maar steekt daarentegen nieuwsgierig haar

hand naar hem uit en voelt aan zijn huid die verleidelijk wordt ingesloten door de stof van de tuinbroek. Ze draait zich op haar zij, waarbij er enig water over de rand van de badkuip klotst en daarbij kan ze de jongen met beide handen omvatten. Hij houdt zich met een hand vast aan de rand en met zijn andere hand kroelt hij door haar krullen, die hij speels om zijn slanke vingers wikkelt. Als hij zich voorover buigt om haar te zoenen, duwt ze hem even van zich af en verliest hij bijna zijn evenwicht waardoor hij net niet achterover in het water belandt. Zowel Esther als de jongen lachen, zij spettert hem nat, wat hij afweert met beide handen en even bibbert. Hij stapt van de rand af, maakt de knoop los van de band van de tuinbroek en laat deze in een soepele beweging van zijn lichaam glijden. Onder de tuinbroek blijkt hij niets te dragen en hij staat in vol ornaat naast het bad. Esther laat haar blik over zijn lichaam glijden. De jongen laat zich dit welgevallen en glimlacht naar haar. Even schrikt ze, omdat hij onbesneden is wat haar opvalt door zijn halve erectie. Al haar minnaars totnogtoe waren wel besneden en bijna allemaal Joods, op een enkele uitzondering na.

'¿Puedo acompañarte?' vraagt hij aan haar waarbij hij naar het water wijst.

Hij spreekt een taal die ze niet verstaat, maar zijn gebaar begrijpt ze maar al te goed en voordat hij zelf bij haar in het bad kan stappen heeft ze hem er al ingetrokken. Hierbij spoelt er nog meer water over de rand maar dat kan haar niets schelen. Het badeendje van een paar minuten geleden is ook verdwenen. De jongen komt tussen haar dijen liggen en ze slaat haar armen om hem heen waarvan ze een naar beneden laat glijden en voelt dat hij even opgewonden is als zij.

'Tu piel es de blanca palidez.'

Terwijl de jongen dit zegt, liefkoost hij teder de huid van haar bovenarmen en borsten. Het zal wel een compliment

103

zijn, denkt Esther bij zichzelf. De vingers van de jongen glijden onder water tussen de vingers van haar handen en hij duwt haar handen in de richting die hij in wil gaan. Esther laat haar handen uit die van hem glijden en zijn handen vinden uit zichzelf hun weg over haar lichaam en lijken precies te weten waar haar gevoelige plekken zitten. Zijn wijsvinger en ringvinger spelen met haar korte schaamhaar, terwijl de middelvinger van dezelfde hand de weg zoekt naar haar clitoris, zonder deze meteen te stimuleren. Zodra hij haar daar aanraakt, zet ze zich schrap. Hij trekt zijn vinger terug en dan ontspant ze zich weer. Met zijn andere hand gaat hij door haar krullen heen, grijpt deze vast, trekt haar hoofd licht achterover en gromt een beetje tijdens het zoenen. Zijn lippen zijn vol en vlezig, omklemmen haar lippen en zuigen zich aan haar mond vast. Ze kan geen kant op. Dat is precies zijn bedoeling en dat vindt ze helemaal niet erg. Zijn tong worstelt en speelt met die van haar. Ze wentelen zich om elkaar heen in zijn mond en dan weer in die van haar. Af en toe laat zijn tong die van haar even los en verkent de holten en haar gehemelte, de binnenkant van haar tanden, maar nooit voor lang en zijn tong draait al weer rond die van haar alsof ze tikkertje spelen. Haar been wordt door zijn been omhoog uit het water geduwd en voelt koud aan in contrast met de rest van haar lichaam, dat warm is en gloeit onder de aanrakingen van de jongen. Dan als ze het juist niet verwacht, glijdt hij met twee vingers tegelijk bij haar naar binnen, waarbij hij weer even dierlijk gromt en zij even kreunt. Hij beweegt langzaam in haar heen en weer en stoot af en toe dieper zonder dat het pijn doet en zonder dat ze klaarkomt. De jongen stopt met zoenen, trekt zich terug uit haar en verkent dan met zijn mond haar hals en schouders en borsten, gaat verder omlaag en omvat haar tepels met zijn handen en knijpt er voorzichtig in en draait ze tussen zijn vingers. Opnieuw laat Esther een kreunende zucht ontsnappen. Ze heeft niet door dat de jongen zich ondertussen heeft omgedraaid in het bad en nu zijn benen om haar heen slaat en zo een lotushouding aanneemt. Zijn voorbereiding werpt vruchten af, want hij duwt zijn opgerichte pik tegen haar bekken en probeert haar opnieuw te zoenen, maar ze houdt hem even af om hem eens beter te bekijken. Zijn ogen hebben een beetje de kleur van hooi en hebben iets van een caleidoscoop waaraan driftig is gedraaid en daarna op de grond is gevallen. Het gouden zonlicht weerkaatst in zijn irissen en geven ze een warme gloed en extra diepte. De kleur en bewegingen doen denken aan de dansende manen van een jagende leeuw, die rent over de toendra. Zijn neus heeft een aantrekkelijke kromming en krijgt langwerpige deuken aan de zijkanten als hij lacht. Hij lacht veel maar kijkt serieus als ze zijn gezicht in zich opneemt, eerst met haar ogen en dan voorzichtig met haar vingertoppen en tong. Met een vinger volgt ze de rand waar zijn lippen overgaan in zijn huid en voelt met de rug van haar hand de ruwe stoppels van zijn kin en hals. Voorzichtig proeft ze zijn bovenlip, de korte stoppels prikken tegen het puntje van haar tong en smaken lekker een beetje zout. Voordat de hitte tussen hen dreigt af te koelen, grijpt hij haar stevig vast om haar middel en hij schuift bij haar naar binnen. Waar haar vorige minnaars nog wel eens moeite hadden om de juiste weg te vinden, heeft deze jongen daar geen problemen mee. Hij vult haar helemaal op en weet precies ver genoeg en snel genoeg door te stoten en daarbij net onder haar pijngrens te blijven, maar ver boven haar genotsgrens. Ze moet zich inhouden om niet te hard te gaan kreunen, want in haar achterhoofd zit wel het idee dat er nog anderen op de boerderij aanwezig zijn en haar vriendinnen kunnen elk moment terugkomen uit het bos. Wisselend houdt Esther zich vast aan de jongen en aan de rand van het bad. Eigenlijk hoeft ze daar helemaal geen acht op de slaan, want hij houdt haar in een houdgreep en ze kan geen kant op. Ze laat haar greep op de rand van het bad verslappen en grijpt nu op haar beurt zijn halflange haar vast en trekt zijn hoofd iets achterover zonder met haar lippen zijn mond los te laten. Als hij versnelt binnen in haar lukt het haar niet meer om zich te concentreren op het zoenen en kan het haar niet langer schelen of ze geluid maakt en wie dat kan horen. Ze gaat figuurlijk in hem op en hij letterlijk in haar. Hij voelt dat ze dicht tegen klaarkomen aan zit en neemt in snelheid af, waarop ze in zijn oor fluistert dat hij vooral niet moet stoppen, niet moet ophouden en niet te langzaam moet gaan. Ze heeft geen idee of hij haar wel kan verstaan omdat hij Spaans of Italiaans spreekt en zij niet. Ze kan al geen Nederlands accent verstaan. De jongen grijnst nu naar haar en probeert waarschijnlijk zelf ook zijn orgasme in te houden. Het vuur in zijn ogen laait duidelijk op. Zijn blik wordt door haar beantwoord en ook in haar ogen gloeit iets, al is dat moeilijker te zien omdat haar ogen altijd al vrij donker zijn en nauwelijks van kleur verschieten maar toch emotie kunnen tonen. Esther legt haar handen op zijn strakke zachte buik en laat ze naar zijn flanken glijden, terwijl ondertussen het water tussen hen opspat. Ze kan maar net voorkomen dat ze volledig aan elkaar vast blijven plakken in de warme zon, terwijl ze zweten tijdens de inspanning die ze beide verrichten. Een moment later, al is Esther al sinds de jongen in bad stapte de tijd volkomen kwijt, vertraagt hun beider beweging en lijkt heel even te bevriezen in de tijd. Ze bereiken beide tegelijk hun hoogtepunt. De jongen gromt nu harder dan eerst en bijt zich vast in haar hals en laat daarbij bijtsporen achter. Hij komt heftig in haar klaar en spuit zijn zaad diep bij haar naar binnen. Esther glijdt even onderuit als de jongen zich uit haar terugtrekt, wat hij gelukkig niet meteen doet. Ze voelt de rand zijn eikel tegen de ingang van haar vagina. Klaarkomen betekent niet dat ze klaar zijn. De jongen draait verder om haar heen en ligt nu achter haar tegen de hoge leuning van de badkuip. Esther knielt in het water en probeert zich om te draaien in het water, wat niet meteen lukt, maar hij helpt haar, trekt haar tegen zich aan en knijpt haar daarbij bijna fijn. Zoenen in deze positie gaat lastiger dan daarnet toen ze tegenover elkaar zaten, maar ze voelt zich veilig en prettig in zijn armen en laat zich zijn liefkozingen welgevallen. Ze voelt aan zijn armen, die zacht behaard zijn en al iets opdrogen omdat ze zich net boven water bevinden in het volle zonlicht. Esther sluit haar ogen en laat zich ook door de zon strelen en voelt zich zo ontspannen zoals ze zich in weken niet heeft gevoeld. Kan het leven niet altijd zo zijn, lekker met een knappe man in bad in de buitenlucht met de zon na een goed ontbijt met koffie en met waarschijnlijk weer een zwoele nazomeravond voor de boeg en dansen op de keukentafel met rode wijn. Esther houdt een moment haar adem in, opent haar ogen en knippert even in het felle licht. Ze heeft het beeld voor zich van de keukentafel, maar niet in dezelfde setting zoals deze in de keuken staat waar ze enkele uren geleden nog stond af te wassen. Heeft ze dit gedroomd of is het een herinnering? Wie is die jongen eigenlijk en waar komt hij vandaan? Het gloeiende gevoel dat hij in haar lichaam heeft gebracht neemt even snel af als de temperatuur van het water. Het leven komt terug in haar armen en benen en ze kan ze weer bewegen. De jongen streelt weer haar krullen en knabbelt aan haar oor. Het is geen vervelend gevoel maar desondanks irriteert het haar licht. Van het ene op het andere moment heeft Esther geen zin meer in het bad, waarvan het water inmiddels lauw is geworden. Ze staat abrupt op waarbij de jongen zich vast grijpt aan de rand en zijn lange natte haren schudt. Esther slaat de handdoek om zich heen, voelt zich plotseling licht beschaamt over haar lichaam en wil zich eigenlijk afspoelen, maar dat gaat niet. Een restant van de melkachtige substantie, dat niet is weggespoeld door het badwater, loopt langs de binnenkant van haar benen naar beneden. De jongen staat nu ook op. Het water komt tot halverwege zijn kuiten en het weinige schuim dat er nog over is verdeelt zich hier omheen. Hij heeft geen handdoek en bibbert, maar Esther slaat hier verder geen acht op. Ze draait zich om en loopt weg. Als ze nog een blik over haar schouder werpt is de

107

bibberende jongen verdwenen.

XV

Priscilla wijst met een licht bevende vinger naar glimmende letters van plastic net boven het nummerbord. 'Waarom staan er eigenlijk de letters BMW op de buitenkant van een Volvo?' Omdat ze aan de achterkant van de auto stond, is ze net niet geraakt door de in het rond vliegende olie die de voorkant van de auto onder gesproeid heeft. Ze staat er een beetje beteuterd bij en durft Rinke niet aan te kijken.

Rinke vloekt opnieuw, dit keer luid en duidelijk en haar stem weerkaatst tussen de bomen om hen heen. Het kan haar ook niets schelen, want er is toch niemand anders in een straal van een paar kilometer en de frustratie grijpt haar bij de keel.

'Verder gaan met de auto of naar huis kunnen we voorlopig wel vergeten', zegt Rinke met een verbeten stem waarin een flinke dosis irritatie doorklinkt die ze niet kan of wil verbergen. 'Het enige dat er op zit is te bellen naar de wegenwacht, of de eigenaar van de boerderij zoeken en om hulp vragen. Heb jij nog beltegoed?'

'Beltegoed heb ik nog wel, mijn moeder betaalt dat voor mij, weet je. Vanochtend op de boerderij had ik echter geen bereik, laat staan hier in het bos.'

'Verdomme, ook dat nog! Dan kijken we wel of er een vaste lijn is op die boerderij. Ik moet en zal die auto weer aan de praat krijgen en ons uit de nesten werken.'

Priscilla zwijgt en voelt zich schuldig, omdat juist zij de greppel in gereden is. Ze bloost en kijkt Rinke schuldbewust aan.

'Jij kan er niets aan doen Pris. Je zat weliswaar achter het stuur, maar wat er ook tussen de bomen vandaag kwam, het heeft ons flink laten schrikken, is tegen de auto aan geknald en heeft iets beschadigd. Bovendien is de auto slecht onderhouden. Mijn moeder heeft er de ballen verstand van en haar vriend nog minder. Die hangt alleen maar op de bank omringd door peuken en blikjes bier. Het hele huis ruikt ernaar.'

Priscilla opent de achterklep en pakt haar spullen eruit en ook die van Rinke en Esther. Rinke gooit haar rugzak over haar rechterschouder, steekt haar linkerarm door de andere schouderband en klikt de sluiting vast. Ze pakt ook de koffer van Esther, terwijl Priscilla alleen haar eigen koffer draagt. Na een paar honderd meter dragen ze de koffer van Esther samen, maar op de zandweg met de zon, die feller en warmer is geworden, valt dit niet mee. Regelmatig houden ze korte pauzes, waardoor de terugweg naar de boerderij langer duurt dan gepland en langer dan de wandeling naar de auto toe. Even buiten het bos, ze zijn de bosrand net gepasseerd, kan Priscilla niet meer en zucht dat ze echt even pauze moet houden. Door de zware koffers letten Rinke en Priscilla niet zo op de omgeving als ze terugkomen uit het bos en over het gras naar de boerderij lopen. Ze lopen meteen naar de schuur en zetten binnen de koffers neer. Rinke doet haar rugzak af, die onderweg met elke meter zwaarder werd, en laat deze nu met een plof op de grond vallen. Ze strompelt naar de hooibalen en laat zich erop vallen. Priscilla tilt haar koffer en die van Esther op de hooibalen en kruipt ernaast. Zo blijven ze even liggen met gesloten ogen. Als ze hun ogen open doen moeten ze kort wennen aan de relatieve duisternis in de schuur en draaien zich naar elkaar toe. Rinke pakt een hooisprietje en kriebelt Priscilla hiermee over haar neus totdat ze giechelt.

'Als we hier toch langer blijven moeten we voor de komen- de nacht een andere slaapplaats vinden. Misschien dat we hierboven op de zolder beter slapen en enige spullen uit kunnen pakken.'

Priscilla knikt en volgt Rinke op de voet als zij de steile trap op klimt naar de zolder van de schuur. Boven liggen minder hooibalen en meer los hooi dat ze in de door hen gewenste

110

vorm kunnen brengen, zodat het comfortabeler is dan de vrij harde balen. Aan een kant is een horizontale plank waar ze enkele losse spullen op kunnen leggen.

'Kunnen we geen contact zoeken met de boer? Of proberen de Wegenwacht te bellen?'

'We weten niet eens waar we zijn, dus de Wegenwacht kunnen we wel vergeten. Ik heb vandaag nog niemand gezien die hier woont en waarom zouden we zo'n haast hebben om hier weg te gaan? Ik wil zo wel proberen of we bereik hebben met onze mobiele telefoons.'

Beide telefoons blijken zelfs buiten in het open veld geen bereik te hebben en zowel Rinke als Priscilla gaan op zoek naar een vaste lijn. Ze lopen vanaf de schuur via het tussenstuk naar de woning. De ramen op de begane grond liggen vrij hoog in verhouding tot de rest van het complex. Rinke kan door haar lengte net naar binnen kijken maar Priscilla kan dat niet. Aan de voorkant ligt een ruimte die doet denken aan een chique salon uit de jaren veertig, door de oude meubels die er staan. In een hoek staat op een tafeltje een oude radio, nog van hout, met daarnaast een lamp met een ronde koperen voet en een piramidevormige kap van melkglas. Ook staat er een hoge Friese staartklok met een wit kleedje eroverheen. Rinke kan echter geen telefoon ontdekken. Terwijl Rinke de kamer in zich opneemt en fantaseert over muziek en kleding uit vervlogen tijden en feesten die zich in de kamer kunnen hebben afgespeeld, is Priscilla verder om het huis heen gelopen en slaakt een gil. Rinke laat het raamkozijn los en rent de hoek om waar Priscilla druk gebaart naar een smal en hoog raam.

'Kijk, ik heb een telefoon gevonden!', roept ze enthousiast en springt op en neer, 'en ook nog wel een oude met een draaischijf, die vind ik zo lief!'

In de kleine kamer achter het raam waar Priscilla heen wijst, ziet Rinke aan de muur inderdaad een grijze telefoon hangen

111

met een draaischijf. Ernaast hangt een lijstje met telefoon-nummers en namen in een onleesbaar handschrift, ge-schreven in hanenpoten. Dat is een bewijs dat de telefoon in gebruik is, alleen kunnen ze er niet bij. Verder staat er in het midden van de kamer een tafel met daar overheen een rood kleed, met een regelmatig patroon en franje aan twee kanten, dat eerder doet denken aan een klein vloerkleed maar hier blijkbaar dienst doet als tafelkleed. Tegen de wand staat een klein houten kastje met drie lades en ook daar overheen een rood kleed. Op het kastje staan verder een aantal zilver-kleurige fotolijstjes met daarin zwart-wit foto's van groepen mannen in uniform en één foto in kleur. Op sommige foto's zijn het eerder jongens dan mannen, terwijl op andere foto's dezelfde mannen duidelijk een stuk ouder zijn. Op de kleu-renfoto is de groep kleiner en zijn de leden erg oud. Ze kijken allemaal ernstig de lens in. De uniformen zeggen Priscilla niets, maar doen Rinke ergens aan denken waar ze niet direct de vinger op kan leggen. Achter in het kamertje staat de witgeverfde deur van een inbouwkast op een kier met de sleutel in het slot. Dat spreekt tot de verbeelding. De inrichting van dit kamertje is typisch voor deze streek.

'Dat doe je toch niet, een vloerkleed op de tafel?'

'Hoezo? Wat is daar mis mee? Wij hebben thuis ook zo'n zelfde soort tafelkleed. Niet met een patroon erop, maar toch. Ik houd ook wel van franje langs sjaals en kleedjes.'

Wanneer ze terug lopen naar de schuur zien ze dat de deuren van de keuken open staan en dat de tafel en het aan-recht flink opgeruimd zijn. Blijkbaar heeft Esther zich hier op uitgeleefd. Maar ze zien haar hier echter niet en buiten ook niet meteen. Eigenlijk hebben ze geen zin om naar haar op zoek te gaan en kijken of er iets te eten valt. Als Esther niet al te veel later spontaan en lichtvoetig binnen komt wandelen zitten de anderen ook net aan tafel te eten. Esther is inmiddels weer helemaal droog en er is niet te zien wat er is gebeurd, tenminste niet op het eerste gezicht. Halverwege het eten valt het Priscilla wel op dat ze een lichte blos heeft. Rinke vertelt dat ze de auto met geen mogelijkheid aan de praat hebben kunnen krijgen en dat hun telefoons geen bereik hebben.

'Lekker belangrijk', antwoordt Esther schouderophalend, 'ik vind het hier wel iets hebben hoor, lekker genieten van de buitenlucht, geen stress, geen drukte van verkeer en andere mensen.'

'En jij was diegene die het erg vond dat we waren gestrand?' Vraagt Rinke verbaasd.

'Diegene die in eerste instantie niet eens naar Friesland wilde?' Valt Priscilla haar bij.

Ze krijgen hierop geen antwoord van Esther die bloost en nog een boterham smeert met een extra dikke laag boter. Dan vertellen Rinke en Priscilla over de twee kamers waar ze naar binnen hebben gekeken en laten details over de foto's op het kastje in het kleine kamertje nog even bewust achterwege. Esther is nogal gevoelig voor uniformen en niet op een positieve manier. Daarna gaan de gesprekken over het leven in het algemeen en de verschillen tussen de stad en het platteland. Ze praten over de vooroordelen die de inwoners van beide hebben over elkaar en dat ze eigenlijk niet zo veel van elkaar verschillen als ze zichzelf willen doen geloven. Als ze niet veel later buiten zitten maakt Priscilla een opmerking over te gast zijn op onbekend terrein en dat ze zich gedragen alsof het erf van hen is. Esther kijkt haar wantrouwend aan. Er worden even venijnige blikken uitgewisseld. Bijna is Esther haar goede humeur en ontspannen toestand kwijt, na het ontspannende bad en de fijne vrijpartij met de mooie jongen eerder op de dag. Ze heeft geen zin om in discussie te gaan en wil vreemd genoeg ook niet naar huis. Het enige dat er op zit is wachten, totdat de bewoner van de boerderij terug komt, zodat ze in elk geval weten waar ze zijn en hulp kunnen vragen. Misschien kan de boer hen helpen de auto vlot te trekken uit de greppel. Tot die tijd moeten ze zich

113

zien te vermaken met elkaar en de middelen die ze hebben op de boerderij. Esther is inmiddels iets minder opvliegend en rustiger geworden en Rinke merkt dat ze een warme gloed over haar gezicht heeft.

'Esther? Is er iets dat je ons moet vertellen?'

'Wie, ik? Nee hoor, hoezo?'

'Je blik is anders dan vanochtend voordat wij naar het bos liepen, je straalt meer en hebt een warme gloed over je gezicht.'

'Nou dat zal dan wel komen door de buitenlucht en het werken in de keuken.'

Esther haalt haar schouders op en slaat het boek open waarin ze twee dagen geleden aan het lezen was en negeert blikken in haar richting. Rinke en Priscilla laten het voorval rusten en praten verder over het huis en de auto. Omdat ze geen bereik hebben met hun mobiel, vatten ze het idee op om een hoog punt te gaan zoeken omdat ze kans op radio-golven daar groter is. In de schuur is dat geen goed idee, dus zouden ze het eigenlijk in het huis zelf moeten proberen. Ze hebben echter geen van beide het lef om binnen proberen te komen.

XVI

De volgende ochtend zijn Rinke en Esther al wakker en liggen zacht te praten, als Priscilla wakker wordt van een steek in haar maag. Ze trekt haar benen op en legt een hand ter hoogte van haar maagstreek. De pijn trekt langzaam weg en laat een zeurderig gevoel achter. Ze weet dat dit elk moment erger kan worden en ze zegt tegen de anderen dat ze blijft liggen totdat ze zeker weet dat de pijn wegblijft. Het kan van de verandering van omgeving komen, of aan het eten liggen. Warm weer verdraagt ze ook niet heel goed. Hoezo zijn de anderen al zo vroeg wakker? Heeft Rinke dan geen last van haar gebruikelijke ochtend humeur? Moet Esther er niet op uit? Priscilla's hoofd voelt zwaar aan en ze kan geen stemmen om haar heen verdragen. Ze kruipt verder weg over het hooi naar boven in de schuur. Hier blijft ze even liggen met weer haar hand op haar buik, nu iets lager. De anderen vragen of er misschien een erwt onder de hooibaal heeft gelegen vannacht, dat ze daarom zo slecht heeft geslapen. Ze kan er niet om lachen.

Priscilla moet even in slaap gevallen zijn want de anderen zijn weg en de enige geluiden die ze hoort zijn het geritsel en kraken van het hooi en de kippen die rondscharrelen net buiten de schuur. Ze rekt zich uit en merkt dat haar buik tot rust is gekomen. Een smalle streep zonlicht schijnt nu naast haar in het hooi en is afkomstig van een klein vierkant dakraam schuin boven haar. Priscilla knippert met haar ogen tegen het licht. Als ze zich wil oprichten en steun zoekt op de ondergrond ziet ze naast zich enkele rozenblaadjes liggen. Ze pakt er een op en ruikt er automatisch aan. Het rozenblaadje heeft een diepe zoete geur en ruikt bijna kunstmatig. Als ze er te hard in knijpt wordt het rood van het bloemblaadje donker en vochtig. Als ze helemaal overeind komt ziet ze verderop nog meer rozenblaadjes liggen. Ze kruipt er voorzichtig naartoe. De rozenblaadjes vormen een spoor dat haar dichter naar het dakraam brengt. 'Wat romantisch', denkt ze bij zichzelf, 'wie doet er nou zoiets?' Nog een meter verder naar het dakraam stopt plotseling het spoor en Priscilla kijkt spichtig in het rond of ze echt niets kan ontdekken. Ze kan in dit gedeelte van de schuur niet staan en op de onvaste ondergrond ook niet overeind komen. Ze kruipt rond aan het einde van het spoor van de rozenbaadjes wanneer de ondergrond onder haar vandaan glijdt en ze een val maakt van enkele meters naar beneden. Ze probeert zich nog vast te grijpen aan het hooi, maar het enige dat ze vast kan houden is een losse pluk met daartussen het laatste rozenblaadje. Priscilla denkt dat ze buiten westen is geweest, maar niets is minder waar. Het hooi onder haar heeft haar val gebroken en ze mankeert helemaal niets. Haar hart bonst alleen in haar keel. De ondergrond is hier iets steviger en ze probeert behoedzaam op te staan. Ze blijft even op handen en voeten zitten en recht dan langzaam haar rug. Achter haar hoort ze een geluid en ze draait zich om, maar kan in het schemerdonker weinig onderscheiden. Ze vernauwt haar ogen, tast met haar handen de wand af en voelt een warme harige plek die ze niet begrijpt. Dit is geen hooibaal, minder stevig, niet prikkend, lekker zacht. Als Priscilla opkijkt, kijken vanuit het donker twee grote diepbruine ogen haar aan met daaronder een brede grijns en een dubbele rij witte tanden. Even staat ze daar als aan de grond genageld en in de ogen ziet ze slierten lichtbruin die af en toe oplichten. Ze wil de ogen aanraken en volgt nieuwsgierig de volle wenkbrauwen die een scherpe driehoek maken aan de buitenkant van het gezicht, dat ze nu duidelijker kan zien. De jongen legt een hand in haar zij en ze kijkt naar beneden. Dan pas ziet ze dat de jongen voor haar geheel naakt is en zich had verborgen in een nis in de wand van hooibalen. Zijn erectie wipt even tegen haar onderbuik. Ze vermoedt dat hij diegene is die de rozenblaadjes heeft uitgestrooid en haar daarmee in een val heeft laten lopen. Door de donkere tint van zijn huid had ze hem niet meteen gezien. Ze wendt zich

116

van de jongen af en deinst achteruit. Priscilla gilt en zoekt om zich heen naar een manier om weg te komen uit deze kleine ruimte. Het geluid van haar stem wordt echter gedempt door het hooi, dat ook lelijke rode striemen op haar blote benen heeft achtergelaten tijdens de val naar beneden. De open plek in het hooi kan nooit veel groter zijn dan twee bij twee meter en de rand van de wand van hooi ligt zeker drie meter boven haar. Ze probeert omhoog te klimmen, maar vind geen houvast en komt niet verder dan een halve meter hoog. Met een grote stap is de jongen bij haar. Hij grijpt met één hand stevig haar heup vast, terwijl zijn andere hand blijft haken achter haar slip, die vervolgens scheurt en waarvan het elastiek nog vrij ver uitrekt en dan breekt. Het enige dat ze nu nog om haar lichaam heeft, is een dun hemdje en een kapotte slip, die langzaam van haar bovenbeen naar beneden glijdt. Ze gilt opnieuw, ook al kan verder niemand haar horen, waarna de jongen een hand over haar mond legt. Hij drukt haar nu hard tegen de wand en door de stof van haar hemdje heen, voelt ze zijn warmte tegen haar rug. Zijn ruwe ongeschoren kin schuurt in haar nek en ze hoort hoe hij zwaar ademt. Hij fluistert iets in haar oor, dat ze niet verstaat en ook niet wil begrijpen. Dan gromt hij en bijt net iets te hard in haar nek. Haar gezicht drukt in de hooibaal en ze ruikt een mengeling van het gedroogde gras en zijn zware lichaamsgeur, die haar doet denken aan iets Bulgaars en paardenhaar. Ze kan niet voorkomen dat een traan haar oog verlaat en vanaf haar wang overgaat in het hooi. De jongen legt een hand over haar schaamlippen heen zonder er een vinger tussen te leggen. Zijn erectie, die nu veel harder is geworden dan daarnet, legt hij hoog tussen haar bovenbenen, die hij met zachte dwang uit elkaar duwt. Hij houdt haar stevig vast en ze kan zich bijna niet bewegen. Zijn andere hand haalt hij nu van haar mond af en kruipt onder haar hemdje omhoog naar haar borsten. Een spoor van kippenvel trekt over haar onderbuik, ook al is het erg warm tussen de hooibalen en zijn lichaam in. Haar tepels

117

trekken zich samen wat een tintelend gevoel geeft dat ze al maanden niet meer heeft gehad. Haar eigen lichaam pleegt verraad en in haar huidige positie kan ze er niets tegen doen. Zijn hand sluit om haar ene borst heen, masseert deze even en gaat dan langzaam naar de andere en doet daar precies hetzelfde. Door de grote warme hand op haar schaamlippen en de harde kloppende eikel van de jongen, broeit het bij haar van binnen en ze merkt dat ze nat wordt. In andere omstandigheden is daar meer actie voor nodig en het voelt nu als hoogverraad van haar eigen lichaam. Wanneer ze haar heupen draait, glijdt de hand van de jongen tussen haar schaamlippen door en schraapt de nagel van een van zijn vingers rakelings langs haar clitoris door naar achteren en verdwijnt naar binnen. Een siddering trekt nu vanaf haar clitoris richting haar schaamheuvel, tussen haar billen door naar haar stuitje en zorgt voor een gloeiend gevoel dat zich verspreid in haar onderbuik en middenrif. De spanning die haar lichaam overheerste verdwijnt en ze ontspant. De jongen moet dit gevoeld hebben want hij laat haar plotseling los. Een deel van haar is blij dat ze vrij is, terwijl een ander deel van haar zijn warme handen op haar lichaam wil blijven voelen. Verward verliest ze haar evenwicht en valt op de grond. Terwijl ze op de grond ligt, voelt ze zich alleen nog maar kwetsbaarder en aan de jongen overgeleverd. Hij grijnst nogmaals naar haar en knielt. Hij grijpt een been van haar vast en terwijl ze tevergeefs met haar andere been grip probeert te krijgen, trekt hij haar langzaam naar zich toe en buigt over haar heen. Als ze wilde bewegingen maakt met haar andere vrije been en hem tegen het hoofd stoot en tegen zijn schouder duwt, grijpt hij ook dit been moeiteloos vast en legt dit naast zich neer. Omdat hij haar hard in haar enkels knijpt, zal ze wel een fikse blauwe plek krijgen. Haar handen klauwen in het hooi maar vinden geen houvast, dit heeft geen enkele zin en bovendien blijven die sprieten onder haar nagels zitten. Nog steeds ligt Priscilla niet stil en de jongen verschuift, zodat hij met zijn knieën over haar onderbenen heen ligt en haar daarbij tegen de grond drukt. Het is nu onmogelijk haar onderlichaam nog te bewegen. Haar armen zijn nog vrij, maar de jongen is net buiten bereik van haar graaiende vingers. Ze wil zich oprichten door haar buikspieren flink aan te spannen, maar de jongen is haar voor en drukt met een vlakke hand haar bovenlichaam net boven haar navel tegen de grond. Zijn andere hand legt hij even neer. Uitgeput door alle inspanning laat ze haar armen vallen en probeert een list te verzinnen. Het denken wordt haar echter onmogelijk gemaakt omdat de jongen, die blijkbaar erg lenig is, voorover buigt en zacht blaast door zijn getuite lippen. De natte plekken op de grens van haar bovenbenen en schaamlippen voelen daardoor koud aan en ze kan een rilling niet kan onderdrukken. Haar onderlichaam schokt even, maar komt niet omhoog. Priscilla en de jongen kijken tegelijk op en hun ogen ontmoeten elkaar. Dan buigt hij zijn hoofd weer naar beneden en het enige dan ze nog kan zien is een massa lange donkere krullen. Ze probeert met een hand zijn hoofd te bereiken en kan net zijn haar aanraken, dat zijdezacht aanvoelt. Terwijl Priscilla de jongen wil voelen, zet hij zijn tanden voorzichtig in haar buitenste schaamlippen en trekt hier zacht aan. Ze kreunt en laat zich weer achterover vallen in het hooi.

'Tu sabor es como una flor que libera su néctar. No tengo nada en contra', lacht de jongen.

Priscilla verstaat dit niet maar vermoedt dat het te maken heeft met haar ongewilde overgave. Zijn ene hand laat hij liggen op haar buik net onder haar borsten, terwijl hij met de slanke gevoelige vingers van zijn andere hand haar schaamlippen voorzichtig opzij duwt en de ontvankelijke binnenste schaamlippen liefkoost. Zijn ongeschoren kin prikt aan de delicate huid, maar zijn tong, die een beetje ruw aanvoelt, is warm en weet precies de weg alsof het een vaste route is. Als hij voelt dat ze verder ontspant, trekt hij zijn hand terug van haar buik en omklemt haar heupen. Zijn hele mond omvat nu haar vagina en zijn tong verdwijnt naar binnen, draait

119

hier speels rond en verkent de binnenkant van haar schede. Als de gevoeligste plaatsten worden aangeraakt, merkt de jongen dit aan haar reactie, die zij niet kan en wil onderdrukken, zo hevig zijn ze. De jongen zet met zijn tong de aanval in op haar meest gevoelige plek, die hij tot dan toe niet heeft aangeraakt. De sidderingen die daarbij door haar lichaam trekken, voelen als snaren van een instrument, waaraan willekeurig en om de beurt wordt getrokken en die snel warm tot heet worden en lange schroeiplekken achterlaten in het hout. Ze kromt haar rug en probeert haar onderlichaam verder naar de jongen toe te schuiven, maar hij houdt haar stevig in zijn greep. Na dit eerste orgasme volgt niet lang daarna een tweede, geheel tegen haar verwachting in. Haar lichaam voelt nu slap aan en werkt niet mee met haar geest die zich snel heeft hersteld na deze inspanning en wil dat ze opstaat en probeert weg te komen. Ook als de jongen de druk op haar benen vermindert en zich terugtrekt, blijft ze liggen. Dan buigt hij zich opnieuw over haar heen en drukt nu haar beide handen met één hand tegen de grond, net boven haar hoofd. Hij kust haar buik en tussen haar borsten en tenslotte haar hals. Dan legt hij zijn volle lichaamsgewicht over haar heen. Zijn lichaam is warm en klam van het zweet. Met zijn vrije hand brengt hij zijn geslacht dicht tegen haar aan en brengt deze enkele centimeters naar binnen. Priscilla haalt diep adem en wrijft even met haar voeten over zijn kuiten en slaat dan haar benen om zijn billen. De jongen gromt dicht bij haar oor en stoot hard en diep naar binnen. Ritmisch beweegt hij in haar heen en weer en het ritme loopt eerst gelijk aan zijn hartslag, die ze door zich heen voelt slaan. Dan versnelt hij, zodat zijn hartslag gelijk loopt met haar hartslag. Ze kan zich nog net zorgen maken over het risico dat hij klaarkomt binnen in haar en zijn vloeibare mannelijke bestanddelen in haar vrij laat komen, als hij zich net op tijd terug trekt en zijn orgasme uitstort over haar onderbuik, waar het langzaam in dikke trage slierten vanaf loopt, die door het droge hooi gretig worden opgenomen en erin verdwijnen.

Dan staat de jongen op, kijkt nog een keer naar beneden, naar haar, draait zich om, duwt een hooibaal opzij en enig los hooi waardoor de ijzeren ring van een houten luik zichtbaar wordt in de vloer. Hij trekt het luik aan de ring omhoog en klimt naar beneden. Priscilla volgt hem enige ogenblikken later, maar kan geen spoor van de jongen ontdekken.

Net buiten de keuken, waar ze drie stoelen naartoe hebben gesleept en de middelste als tafel gebruiken, horen Rinke en Esther wel een gedempte ijle gil uit de richting van de schuur. Ze denken dat hun vriendin een muis of spin heeft gezien en schenken er verder geen aandacht aan. Van hun drieën is Priscilla tenslotte diegene die overal het snelst een drama van maakt. Alleen Esther heeft wel in haar achterhoofd de jongen waarmee ze de ochtend ervoor in bad is geweest. Ze kan zich echter niet voorstellen dat die achter Priscilla aan gaat en schudt het idee van zich af. Ze heeft echter wel moeite om stil te blijven zitten op de harde houten stoel na haar avontuur. Hij heeft haar toch wel te grazen genomen, maar ze klaagt niet. Als ze nog eens onrustig heen en weer schuift kijkt Rinke haar met een scheef hoofd wantrouwend aan. Esther herstelt zich en Rinke kijkt nukkig voor zich uit.

XVII

Esther weet zich altijd wel te vermaken, maar Rinke moet echt iets te doen hebben en kan niet in de imaginaire wereld kruipen van een boek. Rinke probeert nogmaals en tevergeefs of haar mobiele telefoon enig bereik heeft. Dan staat ze op en zegt dat ze toch probeert het huis in te gaan, maar krijgt Esther niet zover dat zij meegaat. Als eerste probeert Rinke de voordeur maar daar zit geen beweging in en bovendien ziet deze eruit alsof hij jaren niet in gebruik is geweest. Via de bijkeuken moet toch een manier zijn om het huis binnen te komen, denkt Rinke en loopt terug om het huis heen. Aan de andere kant van het huis, dus niet aan de kant van de keukendeuren, steekt een bijgebouw met een erker uit en daarboven een dak met drie schuine kanten en elk een eigen dakkapel. Hier staat een raam open, maar het gaat Rinke te ver om zomaar naar binnen te klimmen. Ze loopt verder om het huis heen, ziet aan haar linkerhand een plantenkas waar ze wel nieuwsgierig naar is, maar ze laat zich niet van haar missie afhouden. Aan de achterkant van het huis blijkt nog een deur te zijn die nauwelijks opvalt en ze voelt of deze wel open gaat. Rinke heeft geluk dit keer, want de deur geeft mee en ze tuimelt bijna met deur en al naar binnen. Ze staat nu in een klein halletje met voor zich een binnendeur die op slot zit en links van haar een steile houten trap naar boven. Als ze uitrekent en beredeneert waar ze zich bevindt in de woning, zou ze achter de keuken moeten zijn. Ze kijkt voor de zekerheid nog even om de hoek van de buitendeur en laat deze op een kier staan als ze voorzichtig naar boven klimt. De treden zijn niet al te hoog, dus ze zou evengoed een tree over kunnen slaan. De trap is vrij lang en slaat waarschijnlijk meer dan een verdieping over, al vindt ze halverwege wel een luik dat ze niet open krijgt. Het luik is provisorisch gebouwd en door de kieren kan ze zo de keuken in kijken. Kieren in schuttingen, deuren en luiken hebben een onweerstaanbare aantrekkingskracht op Rinke.

Ze kan net Esther zien zitten, maar ze is te ver weg om haar te roepen en ze is bovendien weer verdiept in een van haar boeken. Boven aan de trap is een kleine smalle overloop met weer twee deuren. De vloeren is ook hier van licht hout en de deuren ook. Aan de muren is witgeverfde lambrisering gespijkerd waarvan de glimmende spijkers iets uitsteken. Eén van de deuren is afgesloten met een zwaar hangslot en een stalen grendel. Rinke vindt dit verdacht, omdat de deur onder aan de trap gewoon open staat. Ze vindt het jammer dat er geen kieren zijn of een sleutelgat om doorheen te kijken. De andere deur heeft ook geen sleutelgat, maar ook geen zichtbaar slot. Rinke duwt tegen de deur maar deze geeft geen krimp. Dan zet ze haar schouder tegen de deur, maar deze kraakt alleen in zijn voegen. Ze doet een stap achteruit en ziet dan pas dat de scharnieren aan de buiten-kant zitten en dat de deur dus naar haar toe open moet gaan. Ze zucht om haar eigen stommiteit en trekt de deur open. Zoals de meeste zolders is ook deze een grote puinhoop vol dozen willekeurig opeen gestapeld en spinnenwebben tussen de balken van het plafond. Doordat Rinke zo lang is, moet ze bukken om niet haar hoofd te stoten of om te voor-komen dat haar hoofd fungeert als ragebol waarin spinrag achterblijft. Door de kleine dakkapellen komt redelijk wat daglicht naar binnen, zodat ze vrij rond kan kijken. Afgezien van de dozen, die voorzien zijn van een dikke laag stof, staat er een grote dekenkist, die onmiddellijk haar aandacht trekt, enkele oude meubels, zoals fauteuils, en een grote oude kast. De dekenkist zit helaas op slot, maar de kast gaat open. Hij piept heel erg, zo erg dat Rinke deze aanvankelijk niet verder open durft te doen. Als ze naar binnen kijkt en oude platen ziet, wint haar nieuwsgierigheid het van haar voorzichtigheid en trekt ze de kastdeur verder open. Op twee planken staan oude LP's die vrij oud blijken te zijn, uit de jaren veertig en vijftig. De artiesten herkent ze niet meteen en over sommige platenhoezen verbaast ze zich. Er staan groepen kinderen op met allen hetzelfde uniform en een sjaal om de hals geknoopt. Een aantal heeft een trommel voor hun buik en trommelstokken in de hand. Koortsachtig zoekt Rinke dieper in de kast naar een platenspeler, maar ze kan deze niet meteen vinden. Ze kijkt achter de kast en vindt tenslotte achter een paar dozen een stoffige platenspeler in een houten kist met een grote ronde kop waar de naald in moet zitten. Er is zo snel geen stopcontact te vinden op de zolder, maar aan de zijkant van de koffer bevindt zich een slinger waarmee ze het plateau voor de platen in beweging kan zetten. Voorzichtig neemt ze een plaat uit de hoes met een Duitse tekst erop en de veelzeggende titel *Das Brombeerlied/ Es Wollt Ein Madel Fruh Aufstehn* en legt deze op de draaitafel. Het enige wat ze hoort is een zacht gepiep en gekraak. Het wordt pas muziek als ze haar oor tegen het hout van de kist legt. Op dezelfde plek waar ze de platenspeler heeft gevonden, ligt ook een grote ronde metalen kegel die ze op de ronde kop met de naald kan schroeven. Nu klinkt luid en duidelijk marsmuziek door de ruimte en schallen trompetten door de zolder. Rinke zetten de bassen kracht bij met haar voet en grinnikt. Er zitten heerlijke diepe pauken in het nummer. Veel stukken hebben een hypnotiserende werking en zorgen dat de ze meeklapt en stampt. Ze heeft niet meteen door dat ze een propagandistische LP in haar handen heeft uit het Duitsland van de jaren veertig. Met de LP in haar handen marcheert ze door de kamer, totdat ze stukken tekst verstaat en eens beter naar de hoes kijkt en ook een andere in haar handen neemt en goed bekijkt. Pas dan ziet ze dat de kinderen uniformen dragen van de stormjeugd en laat van schrik een van de platen uit haar handen vallen, die vervolgens met een klap op de vloer in drie stukken uit elkaar valt. Rinke raapt de stukken bij elkaar en schuift ze onder de kast waar net ruimte voor is. De muziek schalt ondertussen verder met een lied dat Rinke eigenlijk erg mooi vindt, *Lilli Marleen*, maar nu een nare bijsmaak krijgt.

Op het moment dat Rinke rondsnuffelt op zolder, Priscilla verward haar kleren bij elkaar scharrelt in de schuur, besluit

125

de boer te proberen de auto van de meiden vlot te trekken uit de greppel met zijn tractor. Daarna zal hij toch contact met hen moeten zoeken en als de auto niet meteen te repareren valt eventueel ander onderdak aanbieden dan hen te laten overnachten in het hooi. De dag ervoor is het oogsten vrij goed gegaan, dus vandaag kan hij deze klus wel tussendoor klaren. Met een touw om de bumper lukt het hem de auto los en recht op de weg te krijgen. Zulke oude BMW's zijn ook helemaal niet geschikt om op wegen zoals deze te rijden. Hij begrijpt niet hoe ze hier op terecht gekomen zijn. Dan pas ziet hij de deuk in de motorkap en krijgt door dat ze het slachtoffer van een aanrijding moeten zijn geweest. In de greppel en aan de bosrand zijn hier door de regen echter geen sporen meer van te vinden. Door het touw strakker aan te trekken, komen de voorwielen van de auto los van de weg en lukt het de boer met zijn tractor de auto weg te slepen richting de boerderij. Op het erf kijkt hij wel onder de motorkap of daar iets bijzonders te zien is. Eenmaal op het erf aangekomen, ziet hij meteen dat de deuren van de keuken open staan en dat de tafel en het aanrecht opgeruimd en netjes zijn. Met een hoofddoek om staat een struise vrouw met een licht Marokkaans uiterlijk in een wijde jurk de vloer aan te vegen en heeft niet meteen door dat de boer in de deuropening staat en zijn rubber laarzen afklopt tegen de buitenmuur.

'Goeiemoarn.'

'Oh, hallo! Bent u diegene van wie deze boerderij is? Wat fijn om u te ontmoeten. We hebben ongevraagd gebruik gemaakt van de keuken. Gisteren stond er ontbijt klaar en koffie en als tegenprestatie heb ik maar opgeruimd en afgewassen en schoongemaakt. Mijn twee vriendinnen en ik slapen in de schuur in het hooi. Wat geweldig dat de auto het weer doet! Ik ben overigens Esther', praat ze honderduit en steekt bij wijze van kennismaking haar hand uit.

De boer neemt haar hand niet aan maar wijst achter zich

naar de auto die hij op het erf heeft gesleept.

'Dat sjocht der net goed út, wierskynlik hawwe jimme in lekke radiator.'

Dan loopt hij langs haar heen de keuken in, opent een keukenkastje onder het aanrecht en pakt er een mand met aardappels en uit een lade een mesje. Hij drukt het Esther zonder iets te zeggen in haar handen. Ze kan zelf ook wel bedenken wat ze er mee moet doen. Groente moet ze maar halen uit de tuin en vlees ligt in de diepvries. Maar zo te zien had ze dat al bedacht. De boer vraagt verder niet naar de anderen die Esther zojuist heeft genoemd en probeert een gastvrij gebaar te maken, naast het eten dat hij hen al heeft voorgezet, misschien uit een soort van schuldgevoel.

'Jimme kinne ek binnendoar sliepe, der is romte genôch en ik ha skjinne lekkens.'

Als hij geen reactie krijgt, stopt hij hoofdschuddend zijn handen in de zakken van zijn overal, haalt zijn schouders op en beent met grote stappen de keuken uit waardoor de vloer trilt. Hij loopt door naar de schuur en laat Esther staan met de mand met aardappels nog in haar armen. Ze kijkt hem na met enige verwarring in haar blik. De boer werpt terloops een blik in de schuur, maar ziet daar niemand. Dan loopt hij om de schuur heen en merkt dat de deur aan de zijkant op een kier staat. Als een van de vreemdelingen de trap naar zolder zou hebben genomen zou hij daar niet blij mee zijn.

'Hallo!?' Roept de boer naar boven, maar er komt geen antwoord terug.

Hij besluit het zekere voor het onzekere te nemen en toch boven te gaan kijken. Er liggen dingen op zolder die hij nauwelijks een blik waardig gunt, maar toch enig belang voor hem hebben en waarvan hij liever niet wil dat deze in verkeerde handen terecht komen. Vreemden hebben al gauw allerhande associaties bij de foto's en tijdschriften die hij op zolder bewaart. Vooral in de kamer met de fotomuur wil hij geen pottenkijkers hebben. Onder aan de trap trekt de boer zijn laarzen uit en laat ze buiten staan en hij staat op zijn gebreide sokken op het hout van de vloer. Het is te warm voor sokken, maar zwetende blote voeten in rubber laarzen is geen fijn gevoel. Het hout van de trap is vrij ruw, maar heeft hem nog nooit een splinter gegeven. De boer trekt zijn sokken uit, legt deze over de op een na onderste trede, pakt de trapleuning vast en klimt met enige moeite naar boven. Halverwege rust hij kort uit. Het is te warm in het trappenhuis om snel een steile trap te beklimmen. Als hij na de korte pauze weer een beetje op adem is, vervolgt hij zijn weg naar boven. De deur naar een van de zolderkamers staat wagenwijd open. De boer fronst diep en vloekt binnensmonds. Als eerste loopt hij naar de dekenkist, ziet dat deze nog op slot zit en zucht. Hij buigt licht door zijn knieën en strijkt even met zijn hand over het deksel van de kist en over het ijzeren beslag. Hij trekt hierbij strepen in de dikke stoflaag die een kleine glinsterende wolk vormt boven de kist. De boer wappert met zijn hand om de stofwolk te verdrijven en veegt zijn handen vervolgens af aan de broekspijpen van zijn overal. Hij kijkt in het rond. Zo te zien zijn er geen dozen verschoven, maar de kast staat open en er liggen platen op de grond verspreid. De platenspeler is van zijn plek gehaald en de kist daarvan staat open. De platenspeler is stil gevallen. De boer pakt de plaat die op de draaitafel ligt en leest de kleine letters op het etiket van het midden van de plaat. Hij fronst nogmaals, vergeet even dat iemand aan zijn spullen heeft gezeten en denkt aan de tijd dat hij deze plaat regelmatig draaide met zijn vrienden, waarvan nog maar enkele in leven zijn. Een aantal van zijn vrienden is hij in de jaren veertig tijdens de oorlog al kwijt geraakt en sommigen zijn vlak na de oorlog gefusilleerd op verdenkingen van landverraad. De boer heeft regelmatig contacten onderhouden met de Duitsers in die tijd, maar beschouwde dat niet als landverraad. Sommige soldaten waren simpelweg kameraden van hem, hielpen mee op de boerderij van zijn ouders en zorgden voor aanvoer van goederen die ze nodig hadden in ruil voor eten dat altijd aanwezig was op de boerderij. Daar stak geen kwaad in. Hij herinnert zich goed de Duitse soldaten en af en toe een commandant of generaal, die kwamen eten, dat de lange houten tafel uit de keuken naar buiten werd gesleept en de feesten die ze dan hielden tot diep in de nacht. Er waren ook vrouwen uit het dorp bij die het hielden met een Duitse soldaat waarvan hun ouders het niet mochten weten. De boerderij had altijd wel een vrije slaapkamer over waar ze zich dan in terug konden trekken. Hij had zelf ook wel eens een meisje mee naar boven genomen. Ook een Joodse had hij wel eens gepakt achter de stallen, maar daar ging hij niet prat op. Tijdens, maar ook na de oorlog, waren sommige vrouwen zwanger van een soldaat en werden met de nek aangekeken in het dorp. In de grote steden werden ze zelfs kaalgeschoren had hij wel eens gehoord. Als hij denkt aan de slaapkamers op de eerste verdieping realiseert de boer zich opeens dat zich misschien een vreemdeling op de zolder bevindt en hij kijkt achter de dozen en in de kast, maar kan niemand vinden. De platen pakt hij op en zet ze rechtop terug op de plank in de kast. Met een sleutel van zijn sleutelbos opent hij de dekenkist en pakt een stapeltje met brieven en foto's. Brieven van de organisatie waar hij lange tijd lid van was en foto's van de leden daarvan. Jarenlang heeft hij de brieven niet gelezen en nu is het daar ook de tijd niet voor. Hij legt het stapeltje papieren zorgvuldig terug in de dekenkist en sluit het deksel weer af. Dan sluit hij de deur achter zich en daalt de trap weer af naar beneden. Afdalen is minder vermoeiend dan omhoog en is een minder zware belasting voor zijn hart. Het zit hem niet lekker dat iemand aan zijn platen heeft gezeten, zeker niet de platen van de Stormjeugd.

XVIII

Voordat de boer bij de deur van de trap naar boven is en aanstalten maakt om zijn laarzen en sokken uit te doen, heeft Rinke al in de gaten dat ze beter weg kan gaan van de zolder. Iemand die dergelijke platen bewaart en misschien ook draait, kan niet helemaal in de haak zijn. De muziek van de platen heeft een uitwerking op haar die ze niet heeft verwacht en maken een kant in haar wakker die ze liever niet wil leren kennen. In gesprekken met Esther over Israël en de Palestijnen liepen de gemoederen al vaak hoog op. Esther gelooft heilig in de Joodse staat en kan zich vinden in Zionistische gedachten. Deze gedachten staan Rinke niet aan, want ze vindt dat land eerlijk verdeeld dient te worden. Het is te gemakkelijk te zeggen dat de Joden anderen dingen aandoen die hen in de Tweede Wereldoorlog zijn aangedaan. Rinke moest zich vaak inhouden tijdens zulke discussies. Beneden aan de trap hoort ze iemand naar boven roepen en haalt snel de naald van de plaat. Even wil ze de spullen opruimen, maar dan hoort ze de trap al kraken en bedenkt dat ze zich beter uit de voeten kan maken. Ze kijkt spichtig om zich heen en beseft dat ze geen kant op kan. Er staan wel veel dozen op de zolder, maar dan zou ze zich erachter moeten verstoppen. Met haar lengte is dat geen goed idee. De enige uitvlucht die ze kan bedenken, is via het raam. Ze hoort nu halverwege de trap een oude man hijgen en in drie grote passen is ze bij een dakkapel. De eerste dakkapel zit potdicht. Met nog twee stappen is ze bij de volgende en deze gaat gelukkig meteen open. Ze werpt snel een blik naar buiten en stapt onverschrokken over de vensterbank heen naar buiten. Met haar voeten kan ze net houvast vinden in de dakgoot en ze is blij dat ze geen slippers draagt, want dan had ze nu aan de dakgoot gehangen. Met een hand kan ze zich net vasthouden aan het kozijn en met de andere hand sluit ze snel het smerige raam en maar net op tijd. Met haar gezicht half voor het raam ziet ze een oude man de zolder binnen komen, recht op de dekenkist aflopen en deze aaien. Hij is nog geen twee meter van haar verwijderd nu. Ze kan de rimpels in zijn huid tellen en ook het dunne grijze hoofdhaar waarvan hij telkens met hetzelfde gebaar een pluk haar achteren strijkt. Vervolgens ziet Rinke hoe hij de platen ontdekt en terugzet in de kast. Zijn gezicht staat niet al te vrolijk en ze is blij dat hij haar niet kan zien. Als de man om zich heen kijkt met zwaar gefronste wenkbrauwen, trekt Rinke haar hoofd weg van het raam. Ze vraagt zich af of hij haar heeft gezien, maar het leek eerder alsof hij dwars door haar heen keek. Met haar rug staat Rinke nu tegen het dak aan en dakpannen duwen in haar rug. Nogmaals draait ze zich naar het raam. Met één oog ziet ze de boer met een stapel papieren in zijn hand die hij, aan zijn gezicht te zien, nogal belangrijk vindt, terug legt in de dekenkist en deze afsluit. Niet veel later hoort ze de deur van de zolder dicht slaan, maar durft zich nog niet te verroeren.

Inmiddels heeft Priscilla nog niets meegekregen van de ontmoetingen met de boer en heeft wel iets anders aan haar hoofd. In haar hemdje kan ze de schuur niet uit en achter de jongen aan. Ze heeft de restanten van de uitstorting van zijn mannelijkheid met wat hooi van zich afgeveegd en voelt zich in het geheel niet schoon. De badkamer zit waarschijnlijk nog steeds op slot en wordt misschien helemaal niet gebruikt. Aan het andere bad buiten op het erf, moet ze niet denken. Ze houdt er niet van als andere mensen haar naakt zien. Het enige waar ze nu aan kan denken, is zich aankleden en haar vriendinnen zoeken. Daarnaast heeft ze trek in eten en maakt daarom extra haast. Zo te zien heeft de jongen niet aan hun spullen gezeten en ze schiet een jurkje aan wat ze aan de zijkant van haar taille vastmaakt met een knoop. Haar haar vat ze samen met een lint waar ze een haastige strik in knoopt. Buiten de schuur verandert haar pas in een looppas. Binnendoor durft ze niet. Buiten adem komt ze aan bij de keuken waar Esther loom op een stoel hangt en het is onduidelijk of ze door de zon in slaap is gevallen of dat ze een

132

boek leest. Er ligt weliswaar een opengeslagen boek op haar schoot, maar de vinger waarmee ze normaliter de regels volgt beweegt niet. Naast haar op de grond staat een pan met daarin een dun laagje water en geschilde aardappels. Door haar haast valt haar niet meteen de auto op, op het erf.

'Esther? Esther! Ben je wakker?'

'Hmm? Ik geloof het wel. Is er iets? Je gaat me toch niet vertellen dat je nu pas op bent Pris?'

'Daar gaat het nu niet om', verontschuldigt Priscilla zich snel, 'waar is Rinke? Is er nog iets te eten? Koffie misschien?'

Esther is nog slaperig en rozig van de zon en heeft niet meteen door dat Priscilla koffie inschenkt, daar drie grote slokken van neemt en in een onbedaarlijke hoestbui belandt. Dan smeert Priscilla drie boterhammen, die ze flink belegt met boter en sla en komkommer en tomaat en ei en kaas, tot een paar centimeter hoog. Zeg maar gerust een club sandwich. Zonder zich ook maar te bekommeren om de korsten van het brood en uitstekende stukken sla en kaas, neemt Priscilla een grote hap uit de enorme boterham en kreunt goedkeurend. De sla kraakt en knispert en de mayonaise druipt langzaam vanuit haar mondhoek over haar kin naar beneden. Het lint, dat haar haar bijeen hield, heeft inmiddels losgelaten en valt op de grond. Met een vettige hand strijkt Priscilla een pluk haar naar achteren en gaat verder met het verorberen van haar haastig in elkaar gezet ontbijt. Om de hoek van het huis komt nu ook Rinke aangesneld en valt hijgend neer in het gras. Ze probeert iets te zeggen, maar niemand kan het verstaan. Esther kijkt eerst vol verbazing naar het eetgedrag van Priscilla en dan naar Rinke, die met een rood hoofd languit in het gras is gevallen. Niet veel later heeft Priscilla haar boterham weggewerkt, laat ongegeneerd een boer, wil naar de keuken lopen voor meer, maar wordt dan door Esther tegengehouden. Deze pakt haar bij de arm en Priscilla staat even stil. Haar ogen gaan nu schuil achter

133

een deel van haar haar, dat ze tevergeefs probeert weg te vegen met haar vrije hand.

'Alles ok?' Vraagt Esther, 'ik heb het idee dat je niet helemaal jezelf bent. Je trekt een gezicht alsof je zojuist een kikker hebt gekust die geen prins bleek te zijn.'

Priscilla verstrakt. 'Moet jij nodig zeggen. Jij hebt helemaal niets met het platteland en moet je zien hoe je hier als een koningin in de zon zit, op je zelf gemaakte troon. Ik heb gewoon trek. Mag ik ook eens na alle buikkramp van vanochtend. Ik ben blij dat ik eens een ochtend geen last heb van mijn incidentele recidiverende lactose intolerantie.'

'Ehm...' Esther weet hier zo snel geen antwoord op.

Priscilla rukt zich los en Esther probeert haar niet tegen te houden. Rinke is overeind gekomen en krijgt langzaam haar gewone kleur terug in haar gezicht. Na een slok koffie komt ze overeind en doet haar verhaal over de trap naar zolder, de dekenkist, de platenspeler, de Duitse platen en de vlucht uit het raam, toen ze de boer hoorde op de trap. Ze omschrijft zijn gezicht als dreigend en sinister en vertelt hoe hij dwars door haar heen leek te kijken. Rinke siddert en Priscilla voegt zich weer bij hen en eet een volgende boterham. Rinke is nog niet bijgekomen van de schrik en ziet niet hoe de tafelmanieren van Priscilla veranderd zijn in die van een krankzinnige.

'De boer lijkt eigenlijk een beetje op de vieze man, ik kan me goed voorstellen dat hij dingen zegt als lekker ruw en vochtig hooi dat zo lekker tussen je vingers door glijdt. Met dat dunne natte haar dat over zijn kale plek op zijn hoofd is gekamd.'

Priscilla laat van schrik een vork op de grond vallen, 'Iehiehie! Houd er nou maar over op, mijn koffie komt omhoog.'

'Maar jij drinkt überhaupt nooit koffie? En zo'n eetlust? Hoe kom je daaraan?'

Nou, net als Esther is dat gewoon een gevolg van de gezonde buitenlucht.'

'Enfin, daar stond ik dan in de dakgoot', vervolgt Rinke haar relaas met een lichte trilling in haar stem en een ernstige blik, de lichte wenkbrauwen hoog opgetrokken en met getuite lippen. 'Alhoewel de deur met een klap was dichtgeslagen durfde ik toch niet terug door het raam naar binnen. Dus ik keek naar beneden en voelde me duizelig worden. Ik schuifelde voorzichtig verder opzij en probeerde de volgende dakkapel te bereiken. Van daar uit zou ik wel verder zien. Op dat moment startte er een tractor en zag ik de boer het erf af rijden richting het maïsveld. Nou, dat was een opluchting! Bij de andere dakkapel keek ik door het raam naar binnen en veegde het schoon met een stuk van mijn T-shirt.' Rinke laat even de bruine vlek zien in haar T-shirt om haar verhaal kracht bij te zetten. 'De kamer die ik zag hing vol met foto's en aantekeningen die ik niet kon lezen. Ook hingen er kaarten met veel rode pijlen erop getekend. De foto's die ik kon onderscheiden omdat ze dichter bij het raam hingen, waren van mannen in uniformen, dezelfde als we gisteren in die kleine kamer in het tussengedeelte van het huis hebben gezien.' Rinke knikt hierbij naar Priscilla, die haar eten op heeft en nu met grote geïnteresseerde ogen naar Rinke kijkt. 'Maar dat was niet het enige. Andere foto's waren portretten van mensen alleen en van koffers die open stonden en hun inhoud lieten zien. Het raam kreeg ik niet open, ik wilde weten wat er op de aantekeningen stond. Het enige wat ik kon lezen waren de letters NESB en de woorden *Sieg Heil.* Het zit me niet lekker.'

'Maar hoe ben je dan weer naar beneden gekomen?'

'Dat zal ik je vertellen. Terug naar de andere kamer durfde ik nog steeds niet. En misschien zat die wel op slot en nog een tweede keer mijn benen over de vensterbank leggen zag ik ook niet zitten. Nee, ik ben verder over de dakgoot gelopen, heb mezelf heel goed vastgehouden en via een aanbouw aan de zijkant van het huis heb ik me naar beneden laten zakken. Hier kon ik me vasthouden aan de regenpijp en aan de klimop. Vervolgens ben ik via een boomtak weer op de grond gekomen en meteen hier naar de keuken gerend.'

Voor een moment kijken de drie meiden elkaar aan en beginnen dan door elkaar te praten op een manier waardoor niemand elkaar meer verstaat. Dan vraagt Esther aan Rinke, 'maar wat is die NESB dan? Ik heb er nog nooit van gehoord. Zolang het maar geen NSB is. De term *Sieg Heil* zegt me wel wat, ik kan er nu even niet op komen. En welke foto's op het kastje in de kamer bedoel je?'

'Ik dacht dat jij misschien zo'n organisatie zou kennen. De foto's hebben we gisteren gezien, toen zat jij net in bad waarschijnlijk. We zochten naar een werkende vaste telefoon en hebben er ook een gevonden, maar in een kamer waar we niet bij konden komen.'

'Als de foto's van de zolder en op dat kastje overeen komen en beide die uniformen vertonen zoals jij ze beschrijft, is er meer aan de hand en wil ik er het fijne van weten. Ik wil wel eens weten wat die boer in die koffer verbergt, op zolder.'

'Mij krijg je die zolder niet meer op!'

Dan blijft het even stil en de meiden staren elk voor zich uit.

'Ik wil die foto's op dat kastje wel eens zien', zegt Esther dan ferm en staat op.

Ze lopen samen langs de openstaande keukendeuren naar de woning en Priscilla wijst Esther de kamer met de telefoon en de foto's.

'Dat zijn duidelijk Duitse legeruniformen', peinst Esther.

Hierna blijven de drie meiden bij elkaar en in de buurt van de keuken en hun auto. Rinke probeert de auto te starten, echter zonder succes. De drie meiden hebben door dat ze met de auto niet weg kunnen komen en ze voelen zich niet meer honderd procent veilig nu ze een vermoeden hebben van het verleden van de boer en waarschijnlijk ook zijn familie.

'Laten we toch proberen die kist open te breken of van de trap laten glijden of desnoods het raam uit! Ik wil weten wat er in die brieven staat en, nog meer, wat er aan de muren hangt in die andere kamer. Via de dakkapel kunnen we wel naar binnen toch, als dan iemand de deur van binnenuit open doet?'

'Ik ga echt niet weer die dakgoot op, ohnee, ben je besodemieterd!' Rinke schuft heftig haar hoofd.

'Moet je mij niet aankijken, waarom kijken jullie zo naar mij, is er iets? Ik kan niet hoor, ik heb al hoogtevrees als ik voor een raam sta of op een stoel. Bovendien kunnen we toch niet zomaar ongevraagd in de kist kijken van iemand die niet eens kennen?' Priscilla wendt haar hoofd af en schudt haar losse haren voor haar gezicht. De andere geven haar geen antwoord.

De drie meiden besluiten samen dat de deur van de schuur van binnenuit hoe dan ook op slot moet de komende nacht en in de ochtend zullen ze wel verder zien. Geen van drieën ziet het op dit moment zitten de kist te halen en open forceren of überhaupt terug de woning binnen te gaan. Ze zijn allen doodop van de avonturen van deze dag.

XIX

Ondertussen zit het de boer niet lekker dat er iemand op de zolder is geweest en tussen zijn spullen heeft lopen snuffelen. Ongedurig schuift hij op de stoel van de tractor heen en weer. Het vasthouden van de platen eerder deze middag heeft een en ander in hem losgemaakt en stukken herinnering schieten van links naar rechts door zijn hoofd en laten pijnlijke brandende sporen achter. De zolder is meer dan zomaar een opslagplaats van goederen. Hij kan zich nog scherp de geur herinneren van zijn eigen angst en het stof, toen hij gehurkt achter de dozen verstopt zat en het geluid van de voetstappen van laarzen op de trap. Hij zal niet veel ouder dan vijftien zijn geweest. In een hoek van de zolder, achter de kast, was een naadloze deur getimmerd enkele jaren daarvoor, die hij met enige moeite open kreeg en waar hij zich achter verschool. Licht kwam later van een knijpkat, eten zat in weckpotten en blik, water in een veldfles. Tijdens de oorlog had hij eerst weinig gemerkt van de strijd die woedde in andere delen van het land. Op de boerderij was altijd genoeg te eten en er werden vaak feesten georganiseerd. Zijn ouders waren, al voordat de oorlog begonnen was, lid geworden van de NSB en het sprak vanzelf dat hij lid werd van de Nationale Jeugdstorm. Het uniform knelde en irriteerde hem en de stropdas liet hij vaak achterwege. De kameraden die hij daar had, heeft hij na de oorlog nooit meer terug gezien. Nadat een van hen op de mijn was gevallen in het aardappelveld, hielden veel ouders hun kinderen thuis. Op de boerderij kwamen indertijd ook veel officieren en hij wist nauwelijks anders. Normaal werd hij dan vroeg naar bed gestuurd tijdens deze avonden, maar hij keek dan toe vanaf de trap of legde zijn oor op de houten vloer van de overloop boven de woonkamer om te luisteren. Hoeveel van deze avonden er waren geweest, zou hij niet kunnen zeggen. Duitse uniformen hoorden net zo goed bij de boerderij, als koeien in de stal hoorden. De ideeën van de bezoekers en van de Nationale Jeugdstorm kwamen hem als normaal en logisch voor. In Nederland had men ook een sterke man nodig, die met vaste arm regeerde en zorgde dat het beter ging. Na de oorlog ging juist dat idee bij hem wringen en legde de basis voor aansluiting bij nieuw opgerichte stichtingen en verenigingen. Dat de oorlog ten einde liep, vernam hij via de radio en uit sporadisch aanwezige kranten maar vooral aan het feit dat de boerderij minder bezocht werd door mannen in uniformen. Tot de noodlottige avond. Een groep mensen uit het naburig dorp verzamelde zich met brandende fakkels en stenen op het erf, gooide een groot deel van de ramen in en wierp daarbij de fakkels naar binnen. Het vuur greep gelukkig niet heel snel om zich heen en ze konden het blussen voordat het doorsloeg naar de verdieping erboven, maar de schrik zat er goed in. Onder de brandstichters waren voormalige NSBers, die zich nu voordeden als leden van het verzet en als helden werden behandeld, terwijl zij veel Joden en dorpsgenoten hadden verraden indertijd. Een aantal schilderijen, dat zij via de Duitse SS van afgevoerde Joden hadden gekregen, werden hierbij onherstelbaar beschadigd. Een deel van de binnenplaats van hun huis lag in puin door het vuur en slechts enkele muren stonden daar nog overeind. Na de oorlog had de wederopbouw hiervan geen prioriteit gehad en had de natuur bezit genomen van het stuk ruïne, dat nog steeds deel uitmaakte van de kern van de woning, tot op de dag van vandaag. De haat jegens de oudere generatie dorpsbewoners ligt opgesloten in de stenen van deze muren. Het bloed dat vergoten is in de jaren van feesten en moord, heeft de grond eronder verzengd. Boterbloemen en paardenbloemen hebben er nooit meer geel gebloeid, maar hebben altijd een oranje gloed gehad. Niet lang daarna werden zijn ouders gearresteerd op verdenking van landverraad en meegenomen door de politie. De boer was daarbij naar de zolder gevlucht en hoorde zijn moeder gillen door de donkere nacht. Pas maanden later zou hij hen terug zien. Op de zolderkamer achter de deur had hij drie dagen en nachten niet kunnen slapen en de weken daarna durfde hij er alleen 's nachts uit. De beesten, voor zover die niet waren gestolen, afgevoerd of bruut afgeslacht, moesten toch gevoerd worden. Hij voelde zich een onderduiker in zijn eigen huis. De bunker, die was aangelegd in de vooravond van de oorlog door de Duitsers bij hen in de tuin, durfde hij niet te betreden, omdat deze vast in de gaten werd gehouden nu. Toen alleen zijn vader uiteindelijk terugkwam werd het leven moeilijker dan voorheen. Zijn vader wilde weinig vertellen over zijn moeder, behalve dat ze nooit meer terugkwam en zij verder moesten en sterk moesten zijn. Later hoorde hij stukjes bij beetjes en via via dat ze zo zwaar mishandeld, geschopt, geslagen en vaak verkracht was in de gevangenis in Leeuwarden door zogenaamde verzetshelden, dat ze bezweek aan haar verwondingen tijdens de reis van Leeuwarden naar het kamp Westerbork, waar oud NSBers werden opgevangen. In het kamp te Westerbork stond zijn vader er alleen voor en hij heeft na de oorlog nooit iets losgelaten over deze zware en traumatische maanden. Tijdens de gevangenschap van zijn ouders werden flinke stukken land van hun afgepakt door buren, niemand wilde nog aardappels of melk van hen kopen of verhandelen. De boer moest ver rijden om deze te slijten wat veel tijd en moeite kostte. Op een gegeven moment waren ze gestopt met de melkproductie en ging zijn vader werk zoeken buiten Friesland. Hij bleef dan wekenlang weg. Door de oprichting van de Stichting Oud Politieke Deliquenten in de vroege jaren vijftig, kregen zij weer enige hoop op een betere toekomst, maar ze werden ook steeds meer verbitterd door hun huidige positie in de maatschappij.

Na de dood van zijn vader onderhield de boer, die nu de zorg en verantwoordelijkheid had over het bedrijf dat zijn vader hem had nagelaten, de boerderij en kreeg via onderhandeling, bedreiging en rechtszaken weer bijna al het land terug dat in de afgelopen jaren was ingepikt door de buren.

Buren die geen haar beter waren dan de mensen waar ze zo op afgaven na de oorlog. Door oude kaarten uit het kadaster en het ontbreken van koopovereenkomsten, had hij er zelfs meer land aan overgehouden. Zijn ouders zouden trots op hem zijn geweest. Door derden werd hij hiervoor uitgemaakt als kolonialist, terwijl hij eigenlijk alleen maar terug nam wat rechtmatig van hem was. Via oude correspondentie van zijn ouders kreeg hij contact met de weduwe Rost van Tonningen, Jan Hartman, Paul van Tienen en de jurist Jan Aksel Wolthuis die hem allen opnamen in hun midden. Hij sloot zich al in de zomer van 1953 aan bij de pas opgerichte Nationaal Europese Sociale Beweging en juichte van harte het idee toe om de politiek in te gaan, met in zijn achterhoofd de Bauerntum-ideologie. Deze ideologie kwam er in het kort op neer dat het plattelandsleven werd verheerlijkt en dat aan de boerenstand bijzondere geestelijke waarden werden toegekend.

Het opnieuw leven inblazen van de organisatie heeft hen geen windeieren gelegd, maar ook geen grote successen. De politiek is een andere richting ingeslagen dan zij voor ogen hadden. Iets waar ze weinig tot geen controle over hadden. Toen de NESB, waar de boer en zijn vader beide actief lid van waren, in 1956 door de Hoge Raad verboden was hoefden ze niet lang te twijfelen om ondergronds te gaan. Niet alleen figuurlijk, maar ook letterlijk. De boer had niet alleen een bunker in de tuin, er liep ook een gang naartoe vanaf de schuilkelder onder de woning. Uiteindelijk hebben ze de gang niet veel gebruikt, maar het sprak wel degelijk tot de verbeelding. De contacten met Wolthuis en Hartman werden snel minder en verwaterden. Hij moest een nieuwe tactiek bedenken en sloot zich aan bij een onbekende Duitse organisatie. In Duitsland waren de autoriteiten in die jaren minder fel op organisaties die veel op de voormalige NSB leken. Het klimaat was er iets vrijer. Na de komst van de Berlijnse muur werd het contact met de collega's in het Oostblok minder en moeizamer. Alles werd strenger gecontroleerd en pakketten naar elkaar sturen konden ze op een gegeven moment wel vergeten. Het waren de jaren voor het Internet en het enige dat ze konden gebruiken was de radio. Op zolder staat nog een oude radio, maar de antenne is weg. Toen de muur eenmaal viel, was er weer ruimte voor hernieuwd contact, maar slechts de basis, fundamenten zogezegd, van hun ideeën bestond nog en had stand gehouden. De wereld om hen heen was ondertussen zo veel veranderd, dat alles wat ze hadden opgebouwd waardeloos was geworden. De Koude Oorlog had al hun hoop bevroren. Nu de dooi was ingezet, smolten hun idealen weg voor de zon, die nu haar licht over de velden van Europa wierp. Contacten verwaterden en hij moest nieuwe manieren vinden. Er zaten niet alleen slechte kanten aan, Europa begon één geheel te worden in de jaren tachtig, alleen niet op de manier die de boer voor ogen had gehad. Europa lag stevig in de houtgreep van Amerika en dit voelde voor hem aan als een extra set staten onder de supervisie van hun president. Maar wat had hij te schaften met die president die elke vier jaar, soms acht, van plaats wisselde met een soortgelijk figuur, slechts een ander gezicht? Veranderden de streken achter een ander masker? Dachten ze nu werkelijk dat mensen daarin trapten? Hij zucht eens diep en schudt meewarig zijn hoofd. De jaren tachtig hebben er voor gezorgd dat de haren op zijn hoofd dunner en grijzer werden en tegen wit aan liepen. Een voor een lieten zijn kameraden de hoop varen of benamen zich het leven. Een enkeling maakte nog wel eens contact vanuit Zuid Amerika. Hij staart over het maïsveld en zijn ogen vormen spleetjes tegen het licht op deze nazomerdag. Boeren die slechts maïs verbouwden en zich alleen daar zorgen over maakten, benijdt hij. Aan de andere kant hebben zij wellicht minder ambitie dan hij.

Eind jaren vijftig sloot de boer zich nog verder af van het dorp, waar hij toch al nauwelijks meer kwam. Hij liet de dorpelingen met rust en op hun beurt lieten zij hem met rust. Niemand had er een idee van wat er zich op de

143

boerderij afspeelde en welke complotten er werden gesmeed. Niemand wist dat zij via behendige trucs bijvoorbeeld Molukkers en andere Aziaten de schuld van opstandigheid in de schoenen schoven en onrust stookten binnen hun organisaties. Ze zetten groepen mensen tegen elkaar op, zonder zelf op te vallen als een groep. De boerderij werd zo een basis, meer een hoofdkwartier, waar plannen werden gesmeed en orders verdeeld werden. Zo hadden ze hun eigen koeriers om de PTT niet te belasten of zich verdacht te maken. Veel lijnen kwamen samen op de boerderij. Ook met organisaties in België, Spanje en Oostenrijk werden goede contacten opgebouwd en onderhouden. De boer had nog niet verwerkt dat zijn moeder zo te grazen was genomen in de gevangenis zo kort na de oorlog en zon op wraak. De enige wraak die hij had kunnen uitoefenen, was het terugkopen van het land dat in de tweede helft van de jaren veertig was afgepakt. Uiteindelijk had hij grote stukken bos kunnen bemachtigen en daar vond hij een oude tank die in de haast door de Duitse soldaten was achtergelaten rondom de bevrijding.

XX

In de ochtend na het debakel met de zolder wordt Rinke onrustig wakker. Ze kan het gezicht van de boer, zijn blik toen
hij door haar heen leek te kijken, niet van zich af zetten. Ze
rekt zich uit, laat zich van haar hooibaal af glijden en staat
nog een beetje wankel op haar benen. Ze voelt zich als een
hert dat voor het eerst naast de moeder op eigen benen
moet staan. Eigenlijk zouden ze nu met z'n drieën bij elkaar
moeten blijven en de schuur op slot laten, maar ach, het is
tenslotte al licht buiten en de haan heeft al gekraaid. Ze ziet
niet in waarom ze zou moeten wachten op de anderen, die
nog liggen te slapen. De avond tevoren heeft ze zich niet
kunnen douchen, alleen kunnen wassen bij een wasbak, en
daar is ze niet vrolijker van geworden. Het enige dat ze nu
wil is koffie, een stuk buiten lopen en genieten van het glinsteren van dauwdruppels op het veld, de kleuren van het
ochtendlicht, het onbekommerd scharrelen van de dieren,
kippen en een enkele geit. Nog meer wil ze genieten van de
wind door de bomen, ontwakende vogels en de stilte zonder
menselijke stemmen of verkeer. Waar ze nu bovendien tijd
voor heeft, is onderzoek doen naar de kas verderop en het
betonnen bijgebouw waar het tegenaan is gebouwd en waar
ze geen van allen echt aandacht aan hebben geschonken tot
dusver. Als ze op het betonnen bijgebouw afloopt, merkt ze
dat het gras nog vochtig en klam is van de dauw. Er blijven
dauwdruppels in haar broekspijpen hangen en vormen
kleine donkere stippen in de stof. Het water dringt niet door
haar schoenen heen, dus ze negeert het verder. In de bunker,
want daar lijkt het gebouw toch ernstig op, zitten langwerpige verticale gaten die vast en zeker gebruikt zijn om doorheen te schieten in een ver en duister verleden. Nog dichterbij ziet Rinke dat er zich inderdaad kogelgaten in de muur
bevinden en het gebouw enigszins hebben geschraapt en
beschadigd. Ook de schietgaten hebben geen zuivere vorm
meer, maar een gerafelde rand. Voorzichtig loopt ze om het

gebouw heen en vindt een houten deur. Ze zet haar schouder er tegenaan en probeert of de deur meegeeft, maar deze werkt niet mee. De houten deur heeft flink te lijden gehad onder houtrot en weersinvloeden en zou met een koevoet gemakkelijk open te breken zijn. Binnenin is het vast en zeker donker en muf. Ze streelt de ruwe koude buitenkant van de bunker en loopt voorzichtig verder naar de kas die er tegenaan gebouwd is en er deel van uitmaakt. Het is een hybride gebouw nu van beton en glas met dezelfde schuine vlakken. Rinke kan de schoonheid ervan wel waarderen. Ooit heeft ze een cursus architectuur gedaan en materiaal onderzoek. Het beton zoals dit wordt tegenwoordig nergens meer op een dergelijke manier toegepast, bedenkt ze zich peinzend. Even verderop staat de deur van de kas op een kier en ze duwt deze verder open. De deur heeft een hoge piep, maar draait gemakkelijk open. De deur heeft geen scharnier aan de zijkant, maar draait om een as op vingerlengte van het metalen kozijn. De balken van de kas zijn donker en bijna zwart uitgeslagen. De meeste ramen zijn heel, een enkele is gebarsten of mist een stuk. De geur die hier hangt is licht zoet en een beetje kruidig. Ze ademt diep in, zucht, ademt nog eens diep in en laat de lucht door haar heen stromen en krijgt er energie van. Als ze door de kas struint en haar handen over scherven van bloempotten en dikke bladeren van vetplanten laat gaan, glimlacht ze bij het zien en ruiken van diverse bloemen die allemaal hun eigen aroma hebben. Het gereedschap, dat door de kas verspreid ligt over de vloer en de tafels, is roestig en lange tijd niet gebruikt. Onder een van de tafels zit een ladeblok en Rinke probeert of hier nog beweging in zit. Het houtfineer dat deze bedekt, is gebarsten en bladdert er vanaf. Ze peutert er nog wat meer vanaf, wrijft het fijn tussen haar vingers en laat de splinters en stukken hout op de grond vallen. Ze ruikt even aan haar vingers. In de lades ligt nog meer gereedschap en vellen papier die uit elkaar vallen als ze deze oppakt. Het heeft geen zin te proberen te lezen wat er op staat gekrabbeld in een handschrift dat van zichzelf al onleesbaar is. In de onderste lade vindt ze tenslotte twee stukken hout met vier vleugelmoeren in de hoeken. Even lijkt ze verrast door dit voorwerp en bedenkt zich dat het best eens zou kunnen dat ze een herbarium in handen heeft. Gretig en met een zekere gulzigheid draait ze de vleugelmoeren een voor een los, ze zou het liefst alle vier de moeren tegelijk los draaien, maar dat is nou eenmaal onmogelijk. De bloemen in het herbarium zijn nog in relatief goede staat. Als ze de steel van een blad met een fijn nervenpatroon wil oplichten van het vloeipapier waaraan het zit vast geplakt, hoort ze een bloempot achter zich op de grond kapot vallen. Geschrokken draait ze zich om, want zijzelf heeft niets aangestoten. Ze ziet nog net een stuk donker gebronsde huid en een stuk blauwe stof wegschieten. Als ze achter deze onbekende gestalte aangaat, staat ze plotseling oog in oog met een goed uitziende Spaans ogende jongen, niet veel ouder dan begin twintig. Hij leunt nonchalant tegen een van de houten tafels en kijkt haar vanonder lange donkere wimpers met grote guitige donkerbruine ogen uitdagend aan. Hij draagt een blauwe tuinbroek, die slechts met één band over een schouder vastzit en geen schoenen of klompen, maar blote voeten. De pijpen van de tuinbroek zijn opgerold tot net onder zijn knieën. Zijn onderbenen zijn bedekt met een vacht van kleine donkere krulletjes en zijn kuiten zijn goedgevormd. Zijn handen steken in de zakken en ook zijn armen en schouders zijn gespierd maar niet te veel. Rinke denkt even aan Michiel en haar hart springt over. Michiel was vrij mager en bleek, toch mist ze hem. Deze jongen heeft een duidelijke lijn lopen van zijn heupen schuin naar beneden en met haar ogen volgt Rinke deze lijn, totdat de jongen grinnikt, een hand uit zijn zak haalt en zich voorstelt in het Spaans.

'Hola, me llamo Pedro', lacht hij en laat een brede rij witte tanden zien. Zijn bovenlip krult hierbij een heel klein beetje naar boven. De aders die over zijn hand en onderarm lopen, zijn lichter dan zijn huid en staan gespannen.

147

'Yo soy Rinke', stamelt Rinke verlegen terug voor ze er zelf erg in heeft en ze kan zich wel voor het hoofd slaan. Aandacht geven aan een Zuid-Europese jongen, is vragen om moeilijkheden.

Verbaast en niet helemaal helder neemt Rinke de hand aan. Pedro geeft een stevige warme hand en trekt haar even naar zich toe. Ze laat zijn hand los en doet een stap achteruit. De jongen lacht weer en schudt zijn lange donkere krullen naar achteren. Als hij een beweging wil maken om de band van zijn tuinbroek los te maken roept Rinke 'no!' Pedro stopt, doet een stap naar voren, maar opnieuw doet Rinke een stap naar achteren en weert hem af door haar armen kruislings voor zich te houden, met de handen tot vuisten gebald. Haar gezicht loopt rood aan en ze voelt een mengeling van woede en onrust. De spanning in haar lichaam bouwt zich op en ze probeert te ontladen, maar vindt geen uitweg. Haar spieren spannen zich en de jongen moet geen verkeerde beweging maken. Onder de stof van zijn tuinbroek kan ze ondertussen wel zien dat er zich processen afspelen in zijn lichaam, een langgerekte vorm tekent zich af ter hoogte waar de lijn vanaf zijn heupen achter de stof verdwijnt. Rinke bijt op haar lip. Ze doet nog een stap naar achteren, struikelt over een rol tuinslang en valt achterover op de grond. Met haar handen probeert ze steun te zoeken om overeind te komen en ze wordt ondertussen kwaad op zichzelf dat ze niet beter uit heeft kunnen kijken. De jongen maakt van de gelegenheid gebruik om met een slimme beweging toch de band van zijn tuinbroek van zijn schouder af te laten glijden. Hij stapt uit de tuinbroek, die rond zijn enkels op de grond tot een blauw vormeloos hoopje in elkaar is gezakt. Zijn lichaam vormt kort een donker silhouet tegen het zonlicht dat vanachter de boerderij tevoorschijn is gekomen, waardoor Rinke even wordt verblindt. Ze haalt een hand van de vloer en houdt deze voor haar ogen om het te veel aan licht uit haar gezichtsveld te halen. Pedro gaat op zijn hurken zitten en strekt een hand naar haar uit om haar overeind te trekken.

Van de weeromstuit pakt ze zijn hand nog beet ook. Rinke zit nu met haar rug tegen een tafelpoot aan, haar benen hoog opgetrokken en haar kin bijna tegen haar knieën. Ze haalt diep adem. Ze kijkt nog steeds kwaad en voelt flinke woede van binnen. Haar hart gaat flink tekeer en bonst in haar keel. Ze legt een hand op haar keel en de andere om haar knieën. Ze volgt met haar ogen het lichaam van de jongen en ziet tussen zijn benen zijn 'ding' hangen. Het geval staat meer dan dat het hangt en Rinke voelt iets in haar keel, dat het midden houdt tussen een blokkade en iets dat haar de adem beneemt. Haar adem stokt in haar keel. Zijn bovenbenen zijn iets minder behaard dan zijn onderbenen. Verder naar boven wordt het ineens heel donker, er valt in eerste instantie weinig te onderscheiden en dat is maar goed ook. Daar zit ze helemaal niet op te wachten. Over zijn buik loopt een eveneens donkere harige streep naar zijn navel, die nauwelijks zichtbaar is en verder uitwaaiert over zijn borst-spieren en rond zijn tepels. Verder naar beneden beweegt tussen zijn benen een stuk vel dat iets ronds omsluit. Ze wil er verder niet bij nadenken of zaken benoemen. De situatie voelt bijzonder ongemakkelijk en zodra de jongen een hand naar haar uitsteekt en een hand op haar knie probeert te leggen is er geen ruimte om achteruit te gaan en zit ze in de val. Ze probeert het over een andere boeg te gooien en zoekt koortsachtig naar Spaanse woorden die ze heeft ge-bruikt toen ze met Michiel in Barcelona was. Bestellingen en simpele gesprekken kon zij in het Spaans doen, maar hoe ze ook graaft in haar hoofd, er komt niets boven. De jongen komt nu niet dichterbij en blijft op dezelfde afstand van haar zitten. Als Rinke de kans kreeg en de jongen dichterbij zou komen, zou ze het herbarium van de tafel grissen, een deel van hem ertussen leggen en de vleugelmoeren strak aan-draaien. Met een vrije hand voelt ze tevergeefs op de tafel boven zich. Dan ziet ze vanuit haar ooghoek dat hetgeen ze zoekt op de tegenoverliggende tafel ligt. Blijkbaar moet ze een andere list verzinnen. Als de jongen handtastelijk wordt, kan ze altijd nog iets van gereedschap van de grond oprapen en hem pijn doen en wat al niet meer. Zolang hij maar op afstand blijft. Alsof Pedro kan raden wat er in haar omgaat, gaat hij een klein stukje achteruit, neemt ook plaats tegen een tafelpoot en strekt zijn benen en slaat deze over elkaar. Zijn geval ligt nu niet meer tussen zijn benen, maar er bovenop en neemt in omvang en lengte niet af. Integendeel, het beweegt en zwelt langzaam verder op. De jongen legt even zijn hand erop als hij ziet dat ze ernaar kijkt en er klaarblijkelijk van schrikt. Wat wil hij van haar? Het is waar dat het warm is in de kas, warmer nog dan buiten, eigenlijk bloedheet. Maar is dat een reden om naakt rond te lopen en zo op de grond te zitten? Bovendien is de grond nog vies en stoffig ook. Rinke haalt even diep adem en wil iets zeggen, maar opnieuw blijven de woorden steken in haar keel en komen er in stukjes en beetje uit.

'¿De dónde eres?' vraagt ze aan de jongen waarbij ze bewust oogcontact maakt.

Zijn glimlach is ontwapenend te noemen. Ze kan het niet helpen iets te ontspannen en strekt ook haar benen langs die van hem.

'Soy de Argentina', antwoordt hij, en een schittering blinkt op in zijn ogen als hij spreekt over zijn thuisland. Zou hij daar echt vandaan komen? Hij is wel lang en knap voor een Argentijn.

'¿Porque tu eres en Friesland?' vraagt ze hem vervolgens, '¿Por trabajo?'. Ze wil weten of hij hier is voor werk, of hij een immigrant is eigenlijk, maar ze kent de juiste woorden niet. Nu ze iets meer ontspannen is komen de woorden iets soepeler uit haar mond dan voorheen. Dan begrijpt ze uit zijn woorden dat hij gevlucht was en dat het thuis niet meer veilig voor hem was. Zou hij een politiek vluchteling zijn? Dat klinkt plausibel. Dan legt hij een hand op haar been en even verstijft ze. Zijn hand blijft echter liggen en voelt opvallend koel aan in de hete kas. Ze heeft het echt te warm en probeert overeind te komen. De jongen komt tegelijkertijd ook overeind en hun gezichten zijn nu dicht bij elkaar. Ze kijken elkaar even aan. Het valt haar op dat zijn ogen van een ongewone kleur bruin zijn, met vlokken goud en geel. Het licht in de kas valt er mooi in. Zijn lippen lijken wel gebeeldhouwd en zijn trekken zijn nagenoeg symmetrisch. Ze wil zijn gezicht aanraken, maar durft niet. Ze brengt haar gezicht dichter naar hem toe en glimlacht nu zelf ook. Zijn hand, die op haar been lag, legt hij nu in haar hals en met zijn andere hand strijkt hij even over haar haar en blijft steken in een klit. Ze probeert haar hoofd terug te trekken, maar doordat zijn hand vastzit in haar haar doet het pijn. Tranen schieten in haar ogen. Ze maakt even ongecontroleerde bewegingen en pogingen om los te komen, steekt een arm uit naar voren en legt dan een hand tussen de borstspieren van de jongen, die tevens blijft zitten waar hij zit. Ze voelt zijn zachte koele huid en hoewel zijn spieren hard zijn, geven ze mee. Rinke slikt. Zijn handen zijn vrij en pakken haar nu bij haar bovenarmen. De jongen trekt haar tegen zich aan. Nog steeds probeert ze zich te verzetten, valt daarbij tegen hem aan, rolt over hem heen en belandt onder de tafel, waarbij ze haar hoofd stoot tegen de andere tafelpoot.

XXI

Op exact hetzelfde moment schrikt Priscilla wakker in het hooi, na onrustige dromen, en schiet recht overeind. Ze begrijpt even niet waar ze is en waarom ze geen lakens voelt onder haar vingers. Dan opent ze haar ogen, kijkt om zich heen en knippert tegen het licht dat door het zolderraam naar binnen valt. Langzaam komen haar gedachten terug en ordenen zich. Ze heeft nu drie nachten in het hooi geslapen en hoort Esther naast haar snurken en andere kleine knorgeluidjes maken. Ze duwt zichzelf overeind en kijkt om zich heen. Geen rozenblaadjes vandaag naast haar. Dat valt dan weer mee. Aan de andere kant begint deze dag zonder avontuur en ergens vindt ze dat wel jammer. Rinke is nergens te bekennen en Priscilla laat zich van de hooibaal afglijden en gaat voorzichtig per tree op de houten trap naar beneden. Door een kier van de buitendeur valt licht naar binnen, waarin kleine stofdeeltjes over elkaar heen buitelen en dansen in het licht en de luchtstroom. De deeltjes glinsteren en doen haar denken aan minuscule elfjes. Het landschap hier doet sowieso sprookjesachtig aan en het zou haar niets verbazen als ze mythische wezens zou tegenkomen. Misschien was de jongen in de hooikuil niet alleen een vreemdeling, maar bestaat hij ook nog eens alleen in haar verbeelding. Ze heeft haar vriendinnen niet over hem gehoord. Als zij hem gezien zouden hebben, hadden ze dat toch wel met haar gedeeld? Of niet soms? Zelf heeft ze er ook niets over losgelaten. Gisteren waren hun gedachten meer bij wat Rinke op de zolder had aangetroffen. Priscilla kan zich niet bijzonder druk maken om wat er op de zolder is gevonden. Zij heeft de boer nog helemaal niet gezien, alleen Esther en Rinke hebben hem gezien. Aan hun beschrijvingen te horen, is dat helemaal niet zo erg. Wie weet wat die boer allemaal verbergt, misschien is hij zelfs wel gevaarlijk! Voorzichtig doet Priscilla de deur naar buiten open, sluipt, meer dan ze loopt, naar buiten en doet de deur weer op een kier. De enige geluiden die ze hoort zijn typische boerderij geluiden, zoals vogels die fluiten en zingen, kakelende kippen en een rauwe kraai van een enkele haan. Gelukkig heeft ze bij het huis en de schuur nog geen raaf gezien. Raven jagen haar angst aan. Niet dat ze erg bijgelovig is, maar toch. Via de auto, waar ze even naar binnen kijkt maar niets bijzonders ziet, loopt ze naar de keuken en zet water op voor thee. Theezakjes uit de keuken gebruikt ze niet, ze heeft eigen thee meegenomen uit haar tas in de schuur. Als het water heeft gekookt, gaat ze aan tafel zitten, legt haar benen op een andere stoel, sluit haar handen om een lege beker en wacht tot de thee in de pot voldoende heeft getrokken. Haar lichaam voelt anders aan dan gisteren en dat ligt niet alleen aan de plotselinge eetlust die haar overviel en haar niet meer heeft verlaten. Ze hoopt niet dat ze zwanger is van de jongen in het hooi. Dat kan toch ook niet na één nacht? Bovendien trok hij zich gelukkig op tijd terug, maar ze maakt zich desondanks zorgen. Ze zucht diep, rekt zich over de tafel heen om thee in te schenken, leunt vervolgens weer achterover op de stoel en probeert haar gedachten te ordenen. Vandaag moeten ze toch iets bedenken om de auto aan de praat te krijgen. Ook moeten ze achter de geheimen op de zolder zien te komen, deels uit nieuwsgierigheid, deels uit achterdocht. Als ze nadenkt over het huis, de grootte en de vorm, zouden zich in het midden kamers moeten bevinden zonder direct daglicht, of een binnenplaats. Daarnaast is de zolder natuurlijk groter dan Rinke heeft gezien en die trap kan niet de enige trap zijn, het is niet logisch om alleen buitenom bij de slaapkamers te kunnen komen. Zodra ze haar thee op heeft zal ze gaan kijken. Nu nog even niet. Nog even een moment voor haarzelf.

Lang duurt het niet dat Priscilla rustig aan tafel kan zitten in de keuken. Esther is intussen wakker geworden en loopt zingend over het gras naar de keuken. Ze is duidelijk in een goed humeur en komt lachend de keuken binnen gewandeld. Haar sjokkende pas heeft plaats gemaakt voor een verende tred en ze straalt net zoals twee ochtenden geleden. Ze loopt op het koffiezetapparaat af, zet zingend koffie en de geur daarvan neemt langzaam maar zeker bezit van de ruimte. Ze vraagt aan Priscilla of zij ook toast wil met zelfgemaakte jam die ze in een keukenkastje heeft gevonden. Priscilla knikt.

'Heb jij die la open gekregen en ook open laten staan', vraagt Esther met verbaasde ogen, opgetrokken wenkbrauwen en een kreukel in de huid van haar voorhoofd. 'Hoe heb je dat voor elkaar gekregen?'

'Ik heb geen idee waar je het over hebt eerlijk gezegd. Ik ben nog niet helemaal wakker. Misschien is Rinke op oorlogspad, dat zou me niet verbazen. Die meid deinst soms nergens voor terug.'

Esther laat de koffie pruttelen en trekt de lade waar ze op doelt verder uit het keukenblok en deze valt met een klap op de grond. Gereedschap en bestek vliegen omhoog over de rand en schuiven door onder de tafel. Esther gaat op haar hurken zitten en zoekt alles weer bij elkaar. Tussen de zooi in de la vindt ze een sleutelbos waarvan sommige ernstig verroest zijn. Ze vraagt zich af waar deze op kunnen passen en haar ogen glinsteren ondeugend. Eerst heeft ze behoefte aan koffie, omdat ze anders niet functioneert, hoe spannend een onbekende sleutelbos ook is. Misschien dat Rinke op tijd terug is van wat ze ook aan het uitspoken is, dan kan ze mee op onderzoek uit. Dit soort dingen samen doen is altijd leuker dan alleen. Ze smeert toast voor Priscilla en haarzelf en schenkt voor hen beide koffie in. Ook zet een kop voor Rinke op tafel maar schenkt deze nog niet in met in haar achterhoofd het risico dat haar koffie dan koud wordt. Iets kouds zou niet verkeerd zijn nu het zo snel warm wordt deze ochtend, alleen is koude koffie buitengewoon smerig. Misschien heeft Rinke een koele plek opgezocht, bedenkt Esther zich.

Rinke heeft ondertussen wel iets anders aan haar hoofd aan de andere kant van het erf, nog steeds op de grond van de kas aan de andere kant van de bunker. Ze wrijft over de pijnlijke plek op haar hoofd en voelt of er geen bloed zit. Haar gezicht is doortrokken van de pijn en ze baalt van haar eigen onvoorzichtigheid. Waarom overkomen haar altijd dit soort dingen? Kan niets dan ooit eens soepel verlopen? Pedro laat haar bovenarmen los en pakt haar hoofd tussen zijn handen en dit keer laat ze het toe. Ze zucht ondertussen en probeert niet te huilen van pure frustratie. Ze heeft nog steeds haar ene hand op zijn borst en zet haar nagels in zijn vlees. Hij schijnt het niet te merken en gaat onverstoord verder met haar hoofd te onderzoeken op een al dan niet aanwezige wond. Hij zoent voorzichtig haar voorhoofd en trekt haar daarbij dichter naar zich toe. Haar andere hand rust op zijn bovenbeen, glijdt schoksgewijs naar zijn heup en blijft daar rusten. Zijn benen zijn bijzonder stevig en bieden een goede houvast. Als haar hand vervolgens iets verschuift naar de ruimte tussen zijn benen, voelt ze iets dat een fractie zachter en flink warmer is dan zijn bovenbeen, maar ze heeft niet meteen door waar ze met haar hand op rust. De beharing is hier tevens dichter en enigszins ruw. Haar hoofd rust nu tegen zijn schouder en half tegen zijn borst aan en het kan haar niet meer schelen dat hij naakt is. Gelukkig draagt ze, weliswaar van dunne stof, een lange broek en geen rok, waar handen zomaar onder zouden kunnen verdwalen. Ze voelt zijn hartslag in zijn hals waar haar voorhoofd tegenaan rust. Zijn hals voelt een beetje klam aan. De rest van zijn lichaam wordt langzaam warmer en ook klam. De hitte in de kas is niet leuk meer en het is duidelijk te merken dat de zon hoger staat. Ook haar eigen huid wordt warmer en haar T-shirt plakt aan haar vast. Ze sluit haar ogen en hoort hoe de ademhaling van de jongen zwaarder wordt en hoe er een lichte kreun doorheen klinkt. Pas dan merkt ze dat ze niet langer met haar hand bovenaan zijn borst zit maar onbewust een nagel in zijn tepel duwt en haar andere hand niet langer op zijn been rust maar tussen zijn benen iets anders vast heeft en dat tussen haar vingers door laat glijden. Het

156

voelt niet alleen nat aan van de witte transparante vloeistof die er langzaam uit druppelt, maar ook van het zweet dat in straaltjes over zijn buik naar beneden loopt en tussen zijn benen door op de grond beland. Van schrik laat ze los wat ze vast heeft en haalt haar hoofd van zijn lichaam af. Hij grijnst naar haar en ze weet niet goed hoe ze moet reageren. Tegen hem aan voelde veilig voor even, maar haar onderbewuste ging er met de controle over haar ledematen vandoor. En overigens niet voor het eerst. Haar T-shirt en lange broek plakken nu zo erg aan haar vast dat ze deze het liefst uit zou trekken. De jongen tegenover haar zou dat waarschijnlijk niet erg vinden, maar die lol gunt ze hem niet, of nog niet. Haar handen hebben geen grip meer op zijn lichaam en glijden er door het zweet vanaf. Zijn zweet zit ook aan haar eigen lichaam en vermengt zich met dat van haarzelf. Haar hoofd aan haar shirt afvegen heeft geen zin meer aangezien deze ook klam is. De kas lijkt wel een sauna maar dan zonder houten banken. Als ze even opkijkt ziet ze dat door hun lichamen de ramen beslaan en ze kan niet helpen in zichzelf te grinniken en per ongeluk ook hardop. Ze kijkt met grote ogen van schrik en met haar hand voor haar mond naar de jongen. Ze gaat nu rechtop zitten. Hij buigt zich juist naar voren, trekt haar hand weg en zoent haar vol op de mond. Voor een moment weet ze niet wat ze moet doen, maar dan opent ze haar mond omdat ze het benauwd heeft. Zijn tong vindt zijn weg naar binnen en ze is verbaasd dat ze hem niet van zich af duwt. Het is te warm om zich druk te maken en ze laat zich achterover duwen op de grond, die hij met één hand vrij maakt van bladeren, zand en ander plantenafval. Zijn andere hand wringt zich tussen haar buik en haar T-shirt. Pedro lijkt te begrijpen dat ze niet verder wil gaan dan dit en hij laat voorlopig de knoop en rits van haar broek met rust. Ze voelt de druk van zijn buik tegen die van haar en het streepje haar kriebelt. Door de warmte in de kas en ook door het gewicht van het lichaam van Pedro, kan ze niet meer helder nadenken en probeert te

157

ontspannen. Het valt niet mee te genieten van een jongen die ze nauwelijks kent, waarvan ze niet zeker weet waar hij vandaan komt of wat hij hier komt doen behalve haar versieren. Hij zoent niet vervelend, eigenlijk heel erg lekker moet ze toegeven. Maar ze is te eigenwijs om dat hardop uit te spreken. Het worstelen om onder hem uit te komen heeft ze gestaakt. Ze voelt hoe ze met hem versmelt en haar poriën zout lichaamsvocht uitwisselen met die van hem. Normaliter zou ze hier te veel technisch over na gaan denken en uit haar concentratie raken, maar nu verdwijnen alle rationele gedachten naar de achtergrond. Ze doen er niet toe. Haar handen proberen hem niet langer van zich af te duwen, maar voelen aan zijn rug en voelen de spieren bewegen onder zijn huid. Zijn huid voelt zacht aan en de donshaartjes liggen plat en vastgeplakt. Onderaan zijn rug staan enkel haartjes toch nog eigenwijs overeind en haar vingers plukken hieraan. Zijn billen zijn stevig, maar geven even mee als ze hier haar vingernagels in zet. Pedro gromt even. Ze glimlacht zonder dat haar lippen reageren. Met haar andere hand verkent ze zijn oorschelpen en lange haar dat er over heen valt nu hij over haar heen gebogen ligt. Ze kroelt door het haar bovenaan zijn hals, laat het door haar vingers glijden en draait er krullen in die ze meteen weer laat gaan. Als ze in golven van smelten en vechten tegen ratio even ontwaakt richt hij zich op en kijkt haar aan. Het brok in haar keel maakt zich los, zakt langzaam naar beneden en vormt een knoop in haar buik en zet zich daar vast. Als hij nog iets langer zo intens haar aan kijkt dreigt ze hals over kop verliefd te worden. Ze kent zichzelf. Een jongen hoeft maar even lief en aardig tegen haar te doen of ze is al verkocht en ze kan er zelfs ziek van worden en dagenlang met buikpijn in bed blijven. Deze jongen is niet alleen erg lief, hij is ook nog eens warm en zacht, heeft mooie ogen en weet als geen ander haar ratio, dat normaal zo sterk is, te weerleggen en er mee te spelen als een grashalm in de wind die geen kans heeft rechtop te blijven. Hij laat haar los. Dan staat ze daadwerkelijk op en

158

loopt naar de deur van de kas. Hij kijkt haar wel na ziet ze in de reflectie van een raam dat net niet beslagen is, maar hij komt niet overeind. Zonder zich om te draaien gaat ze door de deuropening en loopt terug naar de boerderij.

XXII

Buiten merkt Rinke dat het koeler is dan binnen in de kas, maar nog steeds erg warm, helemaal voor de tijd van het jaar. Het is tenslotte al half september geweest! De tel van de dagen van de week en de exacte datum weet ze zo even niet. De dagen en gebeurtenissen op de boerderij hebben haar in hun greep en wat er buiten de boerderij gebeurt, is niet van belang. Ze heeft ook helemaal geen kranten gelezen deze dagen, alsof de wereld om haar heen niet bestaat, alleen in haar eigen belevingswereld. Het doet er ook even niet toe. Het enige dat ze nu wil is verkoeling zoeken en het zweet van haarzelf en van de jongen van zich afspoelen. Ze begrijpt niet dat ze zich zo heeft laten gaan, vooral omdat het nog zo kort is dat ze single is. Ze kan zichzelf wel voor het hoofd slaan! Haar vriendinnen durft ze niet onder ogen te komen en ze neemt de achterdeur van de schuur. Uit de richting van de keuken hoort ze namelijk Priscilla's lach overal bovenuit komen. Haar lach moet wel tot aan de bosrand te horen zijn, denkt Rinke bij zichzelf. Vlak om de hoek van de deur, binnen in de schuur, zit aan de muur een kraan die Rinke al eerder opgemerkt had maar nog niet gebruikt. Onder de kraan zit een rooster met dikke spijlen dat allerlei resten van dingen vertoont waarvan ze niet wil weten wat het geweest is. Bovendien is het rooster erg roestig. Ze hoopt dat de kraan werkt, want met één hand lukt het haar niet de kraan open te draaien en haar van water te voorzien. Met twee handen komt er enige beweging in en met een voet tegen de muur en al haar kracht, schiet de kraan door en open en barst er een dikke straal water uit. Het vocht is eerst nog een beetje bruinig van kleur, maar wordt al snel helder. Rinke spoelt dankbaar haar handen af en gooit het water blij over haar armen en gezicht. Dan trekt ze haar T-shirt over haar hoofd, laat die nat worden onder de kraan en wringt het uit en herhaalt de procedure. Haar hele hoofd doet ze dan onder de kraam en ze wrijft met haar handen over haar gezicht en wast zo goed als kwaad als het kan haar haar. Ze heeft geen zin en tijd om zeep te halen uit haar toilettas. Water moet op dit moment genoeg zijn. De geur en smaak van de jongen zijn nagenoeg verdwenen en Rinke merkt dat dit haar ook spijt. Ze probeert geen aandacht aan haar gevoel te schenken en schudt haar haar uit. Dan loopt ze naar de hooibalen onder de hooizolder waar ze weet dat er nog een handdoek moet liggen. Ze heeft gelijk en als ze zich heeft afgedroogd en de handdoek in het haar heeft gedraaid klimt ze naar boven om een fris T-shirt of topje te gaan zoeken en dan maar ontbijt te gaan halen in de keuken. De behoefte aan koffie maakt zich langzaam van haar meester en daar kan ze maar beter gehoor aan gaan geven. Misschien dat haar vriendinnen zich al af beginnen te vragen waar ze blijft. Hier in de schuur kan ze hen niet horen. Dit keer kan ze wel binnendoor gaan en ze neemt de deur naar de bijkeuken. Als ze langs de badkamer loopt die de af- gelopen dagen steeds op slot had gezeten, hoort ze geklater van water en een zware stem neuriën. Ze kan ook dit keer haar nieuwsgierigheid niet bedwingen en kijkt met een oog door het sleutelgat, maar ze kan weinig onderscheiden. Is dat een arm die over de rand van het bad hangt? Ze haalt haar schouders op en loopt door. Ze kijkt wel uit om de bad- kamer binnen te stappen. De behoefte aan koffie is op dit moment toch echt groter dan een eventuele volgende ont- moeting met Pedro. Daarnaast heeft ze trek gekregen en haar maag laat dit duidelijk merken. Misschien moet ze naar haar lichaam luisteren in meer dan een opzicht.

'Goedemorgen Rinke! Waar heb jij nou weer gezeten? We hebben koffie voor je, of heb je al gehad?'

Rinke neemt de mok met koffie aan die Esther net voor haar ingeschonken heeft, maar zegt niets. Ze voelt haar hoofd rood worden en gaat daarom niet te dicht bij haar vriendinnen zitten, maar op gepaste afstand. Haar broek is nog vies van de kas, dus ze kan net zo goed op de grond in het gras gaan zitten, wat ze dan ook maar doet.

'Ik zei net nog, Rinke was op oorlogspad. Heb je nog iets bijzonders gevonden? Heb jij die la met sleutels open gekregen? Heb je misschien ontdekt hoe we binnen kunnen komen op die andere zolderkamer?'

'Of misschien zelfs het huis!' Vult Esther aan.

Rinke staart over haar mok koffie heen en hult zich nog even in stilzwijgen. Ze bedenkt dat Pedro wel eens sleutels zou kunnen hebben van ruimtes waar zij niet naar binnen kunnen komen. Ze had het moeten vragen, zojuist in de kas, als ze haar verstand niet kwijt was geweest en zonder woorden had gezeten. Niets meer aan te doen. Ze zal het zelf op moeten lossen. Dit neemt niet weg dat ze flink baalt maar geen mogelijkheid ziet om terug te gaan naar de kas. Niet nadat ze weg is gegaan zonder ook maar achterom te kijken. Wanneer ze naar de donkerbruine kleur van haar koffie kijkt, die cirkels maakt van het trillen van haar handen, moet ze denken aan zijn donkere ogen. Zodra ze een hap neemt van het brood, kan ze het niet helpen te denken aan de tint van zijn huid en de structuur ervan. Voor zich ziet ze de fijne haartjes op zijn arm, die haar doen denken aan wuivend gras verderop op het erf. Als de zon door de fijne haartjes heen schijnt, worden ze transparant en geven licht. Zelfs in de rollen hooi ziet ze de structuur van zijn caleidoscopische ogen en zucht. Het romige gevoel van de koffie en delen van het ontbijt doen haar denken aan zijn stevige en soepele lippen en speelse verkennende tong. Het stevige brood dat even mee geeft als ze er in knijpt, voelt hetzelfde als zijn billen waar ze nog geen half uur geleden haar nagels in zette. De structuur van de tafel, dat tevens gemakkelijk en snel de warmte aanneemt van de omgeving, voelt als zijn huid, vooral van zijn heerlijke rug, als ze er met haar vingertoppen overheen strijkt. Hij is niet haar lichaam binnen gedrongen, maar wel haar geest en houdt zich daar schuil. Ze kan hem niet zondermeer verwijderen, hem niet zomaar wegsturen, omdat ze dit niet wil. Haar ogen vullen zich even met tranen, maar het zet gelukkig niet door. Ze hoeft niets uit te leggen en zet de mok met koffie aan haar mond, drinkt net even te gulzig en verslikt zich. Als ze hersteld is, raapt ze zichzelf bijeen en legt uit dat ze slechts een sleutel heeft meegenomen die op de tafel zelf lag, niet uit een la, want daar had ze niet direct aan gedacht. Ze kreeg die niet eens open.

'De grote roestige sleutel die ik op tafel had gevonden paste niet op de deur van de bunker en de kas waar ik was, stond op een kier. De deur van de trap naar de zolder was een heel ander slot dus dat heb ik niet geprobeerd.' De anderen knikken gestaag.

'Er moet echt nog een extra trappenhuis zijn naar boven, want de ruimtes die jij beschreef gisteren zijn niet genoeg om de twee verdiepingen van het huis te beslaan. Bovendien is het niet logisch dat zich een trap bevindt aan de buitenkant, of die moet er later aan gebouwd zijn of een deel van het huis is ooit gesloopt. En hoe komen we op de eerste verdieping?'

'Laten we anders zo veel mogelijk sleutels meenemen in onze zoektocht naar de ontoegankelijke eerste verdieping en het onbekende stuk zolder.'

'Spannend!' Het klinkt nu te gemeend, een beetje mechanisch. Ze zijn er niet met hun gedachten bij, terwijl ze in actie moeten komen voordat de boer terug komt van zijn maïsveld en ze hun plannen niet meer tot uitvoer kunnen brengen en dus geen donder opschieten hier. Ze kunnen al niet weg van de boerderij omdat de auto niet wil starten en doordat ze geen bereik hebben met hun mobiele telefoon.

Niet alleen Rinke is er niet bij met haar gedachten. Ook Esther heeft een grote behoefte om een bad te nemen en niet alleen omdat door de droogte het hooi en het erf stoffig zijn. Het stof dringt in haar poriën, en laat een fijn laagje achter op haar huid. Ze heeft zelfs het gevoel dat het stof haar kleren en huis en de hele omgeving dof maakt en haar

164

afschermt van de wereld om haar heen. Onrustig draait ze op haar stoel heen en weer en als haar vriendinnen er naar zouden vragen zou ze zeggen dat het zoeken naar de juiste sleutel haar rillingen bezorgt. Ze is ook bang en onzeker en wat al niet meer voor wat ze zullen vinden op de zolder. Welke geheimen zich voor hen verborgen houden en zich al dan niet zullen openbaren. Maar ondertussen voelt ze de handen van de Spaanse jongen over haar lichaam en vooral tussen haar benen. Zijn doortastende bewegingen, die tegelijkertijd ook teder waren. Het zweet breekt haar uit. Normaal heeft ze nooit heimwee naar mannen en helemaal niet naar eentje die zo jong en onervaren is. Als ze erbij stil staat is hij helemaal niet onervaren maar juist erg bedreven in zijn bewegingen. Ze is verward. Ze moet zich bedwingen om niet op te staan en zich richting het bad te spoeden, dit vol te laten lopen met water en zich erin te laten zakken teneinde te hopen dat ze de jongen weer vindt op de rand van het bad en in het water naar zich toe kan trekken. De zeep die dan tussen hen in glibbert, maar ook zijn goed gevormde lid dat zich tegen haar benen nestelt en zich een weg naar binnen probeert te verschaffen. Het idee dat hij haar opvult en door stoot zonder haar pijn te doen, een beetje misschien maar niet te veel. Allerlei andere plaatsen op de boerderij waar ze met hem avonturen zou kunnen beleven kan ze zo ook wel bedenken. Zo kieskeurig is ze nou ook weer niet. Op de motorkap van de auto bijvoorbeeld, er zit toch al een deuk in. Ze grinnikt bij de gedachte. In het maïsveld zou trouwens ook niet verkeerd zijn, geen mens die hen daar vindt. Als zijn pik te koel is of het niet meer aan kan, kunnen ze altijd nog naar een maïskolf grijpen.

Op haar beurt is Priscilla iets terughoudender in haar fantasieën over dezelfde jongen. Ze zit niet helemaal lekker op haar stoel en dat heeft eerder een fysieke toedracht, dan dat ze onrustig is. De coïtus heeft voor haar een speciale betekenis en ze moet een jongen eerst door en door leren kennen voordat ze ook maar een stap in die richting zou overwegen.

165

In het hooi ging het allemaal zo snel en ze heeft het gevoel dat hij haar heeft overrompeld. Dat hij haar heeft gedwong-en, geforceerd. Dat kan allemaal wel zo zijn, het neemt niet weg dat ze het gewicht van zijn lichaam weer bovenop zich wil voelen, het kriebelen van zijn lichaamshaar dat overal aanwezig was. Maar ook de gretigheid van zijn tong en voor-al zijn handen, of toch liever zijn tong. Ze verschuilt zich maar achter een gordijn van haar, voordat ze gaat blozen en vragen krijgt waarop ze het antwoord niet kan uitspreken en dus schuldig blijft. Waarom is het allemaal zo ingewikkeld. Waarom had ze zich niet kunnen laten gaan. Is ze preuts of juist terughoudend? Waar ligt de grens? Zijn manier van haar vast grijpen was zondermeer bruut geweest, maar helemaal in de lijn van de situatie op de boerderij. Ze kon het niet eens aan zichzelf uitleggen, laat staan aan een ander. Als door een bij of wesp gestoken, veert ze op. Iets trekt aan haar slip zoals gisteren in het hooi. Helaas is het dit keer slechts een stuk van de stoel waarachter een stuk van haar jurkje blijft haken en een kleiner stuk slip meeneemt. Teleur-gesteld laat ze zich weer zakken in de stoel en hoopt dat haar vriendinnen niets gemerkt hebben. Dan nog maar een broodje smeren, dik belegd met roomboter en lekkere taaie korstjes om lang op te kauwen. Dat leidt tenminste even af.

XXIII

Aan een haak in de schuur hangt nog een sleutel en de drie vriendinnen openen alle keukenkastjes en lades op zoek naar mogelijkheden om het huis binnen te dringen. Het huis dat voor elk van hen geheimen herbergt. Geheimen die voor hen persoonlijk van belang zijn, maar ook voor alledrie tegelijk. De deur die Rinke de vorige keer heeft genomen slaan ze over, omdat deze meteen naar de tweede verdieping leidt en van daar uit kunnen ze geen kant op, zoveel is inmiddels wel duidelijk. De andere deur op de tweede verdieping is meer beveiligd dan ze op dit moment aankunnen. Achter elkaar vormen ze een stoet richting het huis met elk een set sleutels in de hand. Esther loopt voorop en houdt stil vlak voor het huis. De anderen zijn hier niet op verdacht en lopen tegen haar aan. Rinke vloekt even en Priscilla giechelt.

'Gaan we binnendoor door de keuken en bijkeuken of nemen we de voordeur?'

'Volgens mij is de voordeur gebarricadeerd en wordt die überhaupt nooit gebruikt hoor, in Friesland.'

'Klopt, dat is in Groningen net zo. Laten we via de bijkeuken gaan en maar zien waar we terechtkomen.'

'En die andere deur dan? Aan de achterkant? Met die steile trap naar boven? Of was daar geen extra deur?'

Rinke schudt haar hooft en Priscilla kijkt teleurgesteld. Maar niet voor lang, want een van de sleutels blijkt inderdaad te passen op de deur die vanaf de bijkeuken naar een gang leidt waar de telefoon hangt en waar ook de deur is naar het kleine kamertje, met het kastje met de kleedjes en daarop weer de ingelijste foto's van de mannen in uniform. Achter elkaar schuifelen en sluipen de meiden naar binnen en hun hart klopt letterlijk in hun keel. Elk geluid werkt op hun zenuwen en net op het moment dat ze er voorbij lopen, begint de Friese staande klok te slaan. Slechts een keer slaat de klok en geeft aan dat er een half uur voorbij is. Esther ademt diep in, maar maakt verder geen geluid, terwijl Rinke en Priscilla beide een gil geven en meteen daarna een hand voor de mond slaan, omdat ze natuurlijk stil moeten zijn. Het is tenslotte een inbraak waar ze mee bezig zijn. In hetzelfde ritme lopen ze verder door de gang langs de telefoon en denken er nu niet eens aan om iemand te bellen, terwijl ze daar eerder zo op gespitst waren en zich daar zo over opwonden. Esther gaat als eerste de kamer binnen en kijkt in de kast, die nog steeds op een kier staat, maar ziet er niets bijzonders behalve serviesgoed en borden. Haar vriendinnen kijken over haar schouder mee, maar trekken zich terug als ze de kast weer op een smalle kier zet. Ze moeten de ruimte exact zo achter laten zoals ze deze aantreffen. Esther aait even het kleed op de tafel en Priscilla doet hetzelfde. De haartjes van het kleed zijn stug en synthetisch. Esther pakt vervolgens één voor één de fotolijstjes op van het kastje en bestudeert deze aandachtig. Op één van de foto's hebben de mannen een Duits legeruniform aan en om de linker bovenarm een Swastika. Ze zet de betreffende lijst met kracht neer, zodat het glas breekt. Een barst loopt dwars over het scherm en scheidt de groep mannen op de foto in tweeën. Ze zet de lijst half achter een andere lijst zodat de barst minder opvalt. Ze perst haar lippen op elkaar, strijkt een hand door haar krullen, staart door de foto's heen en staat stil bij haar omgekomen familie. Niet slechts omgekomen, maar systematisch uitgemoord door mannen zoals deze op de foto's. De andere fotolijstjes laat ze voor wat ze zijn en loopt door. De volgende deur klemt en gaat moeilijk open. Ze staan nu allen in de salon, de mooie kamer die Rinke en Priscilla al gezien en beschreven hadden. De kans is klein dat ze hier een aanwijzing vinden van activiteiten van de boer en zonder iets aan te raken lopen ze door deze kamer naar de volgende deur. Het plafond van de salon is relatief hoog, hoger dan bijvoorbeeld van de kleine kamer, dus er zou

168

extra ruimte boven de kleine kamer kunnen zijn. In de salon zit op het plafond een ovaal van gips met krullen en in het midden daarvan een cirkel waaraan een lamp hangt. Alle lampen hebben een kap van soortgelijk melkachtig glas. De meubels zijn ouderwets met groene en goudkleurige bekleding en de hele kamer is brandschoon. Er staan nauwelijks boeken in deze kamer, op enkele streekromans na, waardoor bij Esther het vermoeden bestaat van het bestaan van een bibliotheek. Vanuit deze kamer komen ze in een grote hal, met grote plavuizen op de vloer, waarnaar de voordeur toegang zou moeten verschaffen, ware het niet dat hier een kast voor staat. Omdat er geen bijzonderheden in de kast staan, laten ze deze letterlijk links liggen en staan onderaan de trap. Dit is geen simpele houten trap die steil naar boven gaat, maar een imposante trap die halverwege splitst en een deel gaat naar links en een deel gaat naar rechts. Op de splitsing bevindt zich een uurwerk dat stil staat. Boven zich zien ze een balustrade die de hal het aanzien geeft van een theaterzaal. De meiden sluipen de trap op, waarbij Esther linksaf gaat en Rinke en Priscilla rechtsaf. Op de balustrade kijken ze naar elkaar en proberen vervolgens welke deuren zondermeer open gaan en welke een sleutel nodig hebben. De eerste kamer is een vrij ruime slaapkamer die eruit ziet alsof deze nooit wordt gebruikt. Het bed is strak opgemaakt en er ligt een witte gehaakte sprei overheen. De muren zijn, boven de witte lambrisering, diepblauw en de lamp en de gordijnen ook. De kamer moet aan de voorkant van het huis liggen, als ze af moeten gaan op het uitzicht door de ramen naar buiten. Ze kunnen niet te lang aan het venster staan, want de kans is te groot dat ze gezien worden. De kamers hiernaast zijn eveneens slaapkamers, waarvan een vrij sober is ingericht en naar alle waarschijnlijk de kamer van de boer is. De lakens zijn terug geslagen en er hangen kleren over een stoel. Esther denkt dat ze niet zullen vinden wat ze zoeken, totdat Rinke haar roept.

'Esther, Pris, ik denk dat jullie dit wel willen zien!'

De ruimte waar Rinke staat is van de grond tot de nok gevuld met boeken. Veel boeken zijn in het Duits en een aantal in het Fries. De meeste hebben als onderwerp de Tweede Wereld Oorlog of fascisme. Aan een van de muren hangt een portret van een nors en tevens trots kijkende man in een uniform. Ook om zijn linker bovenarm prijkt een Swastika. Niet alle kasten zijn gevuld met boeken, maar er staan ook een menselijk doodshoofd, enkele opgezette dieren zoals een vos, eekhoorn, de kop van een wild zwijn en een hert met een imponerend gewei. Priscilla vindt de opgezette dieren zielig en deze jagen haar meer schrik aan dan de boeken. Rinke steekt haar vinger in een oog van het doodshoofd en giechelt. Andere dingen aan de muur zijn prenten en schetsen. Naast de deur bevindt zich een enorme schouw met daarop ook voorwerpen zoals verkleurde droogbloemen, een slappe pop, een koperen kandelaar, stenen en een tinnen vaas. De schouw is van donker hout, evenals de boekenkasten, met stukken sierlijk houtsnijwerk erin. Op de tafel in het midden liggen meer schetsen, stencils en handgeschreven teksten. Ook ligt er een opengeslagen boek over kunst uit de jaren veertig op de tafel en staat er een glazen jampot met penselen en kroontjespennen. Als Esther het boek oppakt, blijkt dat het een register is van geroofde Joodse kunst die in de jaren veertig naar Duitstand is vervoerd. Achterin staan ook werken die zijn verbrand in Schloss Immendorf, in 1945, in Oostenrijk. De waarde van de werken in de catalogus moet in de honderden miljoenen guldens lopen. Esther trekt haar wenkbrauwen op en vraagt zich af wat een boer met zulke boeken moet, zo helemaal open en bloot op de tafel. Of zou hij soms vermoed hebben dat zij hierheen zouden gaan en rond zouden gaan snuffelen? En dan te bedenken dat ze een paar nachten lang nagenoeg onder hetzelfde dak geslapen hebben. Plotseling horen ze beneden een deur dicht slaan en Esther en haar vriendinnen stormen de bibliotheek uit naar de balustrade van de hal. Beneden op de stenen vloer staat niet de boer, maar de

170

Spaanse jongen. Zwarte vegen tekenen zich af op zijn blauwe tuinbroek. In zijn handen houdt hij een Engelse sleutel. Alledrie roepen ze hem tegelijk. Hij kijkt op en ziet hun verschrikte gezichten. Ze schrikken niet zozeer van hem, maar van de herkenning in elkaars ogen en van hun lichaamshouding. Hoe is het mogelijk dat ze hem alledrie herkennen? Hebben ze hem dan alledrie eerder ontmoet? Hebben ze alledrie misschien een avontuur met hem beleefd en verzuimd dit te delen met de anderen? Dit kan toch niet waar zijn? Alledrie beginnen ze nu door elkaar en naar elkaar te praten en in een poging elkaar te overstemmen of te verstaan, gaan ze elk steeds harder schreeuwen. Ondertussen heeft de jongen zich uit de voeten gemaakt. Als Esther erachter komt dat hij verdwenen is valt ze stil en klemt met haar handen de balustrade vast. Rinke en Priscilla gillen bijna en vallen even later ook stil. Geen van drieën heeft nog zin om verder in de bibliotheek te zoeken naar bijzondere of kwaadwillende boeken. Zelfs de opgezette dieren en artefacten uit de oorlog zijn ze even vergeten. Het is minder belangrijk geworden nu blijkt dat ze iets belangrijks verzwegen hebben voor elkaar. In hun vriendschap was openheid juist een belangrijke factor en vooral hier op de boerderij waren ze dichter naar elkaar toe gegroeid. Zodra één van hen een nieuwe man zou ontmoeten, thuis en buiten de boerderij, zouden ze dat meteen aan elkaar vertellen. Rinke rent de trap af en Priscilla blijft bij de balustrade staan. Esther draait zich bruusk om en loopt terug de bibliotheek in. Onderling wordt, voor de tweede keer deze week, geen woord meer gewisseld.

In de bibliotheek bladert Esther lusteloos door een paar boeken en kan zich niet concentreren. Het is niet erg waarschijnlijk dat een van haar vriendinnen, meiden met wie ze hier is kan ze beter zeggen, eerder contact heeft gemaakt met de jongen. Hij is meer van haar dan van de anderen. Ze houdt er niet van als iemand dingen of mensen van haar afneemt die van haar zijn, van haar alleen. Als ze opstaat van de fauteuil is ze nog niets wijzer geworden van de boer en zijn motieven om te verzamelen wat zich bevindt in de bibliotheek. Wat haar betreft kan hij evengoed een archief hebben aangelegd of een macabere interesse tonen in de oorlog, al kan ze een rilling niet onderdrukken als ze om zich heen kijkt. Nu ze alleen in de kamer staat hangt er een andere sfeer. Als ze de muziek voor haar geest probeert te krijgen die Rinke heeft beschreven, krijgt de kamer een andere lading. De kamer herbergt wis en waarachtig een sleutel naar het verleden, maar de moed is haar in de schoenen gezakt en eigenlijk nog veel verder. Als ze opstaat en de kamer uit loopt, is Priscilla ook verdwenen. Esther glijdt nogmaals met haar vingers over enkele artefacten in de kamer en haar wijsvinger blijft plotseling steken bij een hanger die haar bekend voorkomt. Het kleinood is een gouden medaillon met daarin een minieme zwart-wit foto. Esther's adem stokt in haar keel. De vrouw op de foto lijkt bijzonder sterk op haar overleden grootmoeder. Het medaillon behoorde haar vast en zeker toe. En er zijn hier waarschijnlijk meer spullen van haar, voor zover ze niet zijn doorverkocht. De tranen springen Esther in de ogen en een grote woede maakt zich van haar meester. Haar handen ballen zich tot vuisten en haar gezicht verstrakt. Haar vermoedens over de boer, over zijn rol in de oorlog, zijn gruwelijker dan ze in eerste instantie dacht. Zonder te redeneren, zoals ze normaliter zou doen, maakt ze contact met haar haatgevoelens en is vastbesloten wraak te nemen op de boer. Ze weet precies wat ze moet doen en daar heeft ze haar vriendinnen niet voor nodig.

Zodra Rinke buiten staat, heeft alle kalmte haar lichaam verlaten. Haar vriendinnen hoeft ze even niet onder ogen te komen en de Spaans sprekende jongen ook niet, alhoewel, hem misschien toch wel. Ze heeft echter geen idee waar ze hem zou kunnen vinden en onwillekeurig loopt ze richting de kas waar ze haar avontuur met hem heeft beleefd. Halverwege de kas staat de auto, waarvan ze niet weet hoe deze op het erf is gekomen. Ze dacht toch echt dat ze de deur goed had afgesloten, ook al stonden ze op een zandweg met niemand in de buurt. Zou die jongen erin gekropen zijn? Zou dan toch de boer de auto naar het erf hebben gesleept? Als ze hier toch staat kan ze evengoed proberen of de motor start. Gelukkig heeft ze altijd haar sleutels bij zich en liggen ze niet ergens in het hooi. Dat zou pas zoeken zijn naar een speld in een hooiberg. Ze probeert de auto te starten, maar nog steeds zonder succes. Al klinkt het geluid beter dan enkele dagen geleden. Bij de volgende poging slaat de motor aan en Rinke trapt even een paar keer diep het gaspedaal in zonder de koppeling los te laten. Ze zou nu zo weg kunnen rijden en de anderen achter kunnen laten. Laat ze het maar uitzoeken, allebei. Het scheelt niet veel of ze had de koppeling echt los gelaten en was er vandoor geschoten, maar ze houdt zich in. Ze zet de motor uit en stapt uiteindelijk uit. Ze slaat de deur achter zich dicht en loopt weg van de auto, naar de kas. Binnen in de kas is het waarschijnlijk nog te warm en ze gaat buiten op de grond zitten met haar rug tegen het glas. Ze plukt een grasspriet en draait deze tussen haar vingers. Ze probeert er op te fluiten en als dit niet lukt kauwt ze er even op, gooit deze vervolgens weg en laat de grasspriet hooi worden in de zon. Met haar hoofd iets achterover gebogen staart ze over het grasland en het maïsveld.

Nadat Rinke uit het zicht verdwenen is en Esther terug in de bibliotheek, is Priscilla ook de trap afgedaald en binnendoor terug gelopen naar de schuur. Via het luik waardoor ze een dag eerder naar beneden is geklommen, klimt ze nu omhoog. Hier zou de jongen zich schuil kunnen houden. Als ze aan hem denkt, voelt ze zijn sterke handen op haar dijen en de gedachte alleen al laat afdrukken van zijn vingers achter in haar huid. Haar vriendinnen zouden nooit begrijpen hoe haar lichaam zich anders gedroeg dan haar verstand, en hoe haar gevoel vervlochten is met zichzelf in deze hele situatie. Ze kan er niet over uit dat zij hem ook kennen. Ze wil er niet over nadenken dat zijn handen met de sterke slanke vingers ook hun hebben gestreeld. Hoe kan hij zijn warmte verspild hebben aan hen? Heeft hij ook zijn mannelijkheid over hen heen gestort of misschien zelfs nog verder gegaan en het naar binnen toe gestuwd? Deze gedachte is meer dan ze kan verdragen en ze moet kokhalzen zonder dat er iets uit komt. Hoe dan ook, een bittere smaak ontwikkelt zich in haar keel en achter in haar mond, kleeft aan haar tong en wil niet loslaten. Ze krult zich op in een hoek in het hooi, verbergt haar gezicht in haar handen en laat daar weer overheen haar lange haar vallen. Of er nu overal hooi tussen blijft zitten, kan haar even niets schelen.

XXIV

De boer heeft geen weet van de drie meiden die hebben rond gesnuffeld in zijn bibliotheek, zelfs niet als hij er een boek terugzet en een andere mee naar beneden neemt, naar de tweede salon. De boeken in de bibliotheek zijn levenloze dingen, maar hebben toch waarde voor hem omdat ze idealen vertegenwoordigen die hij jarenlang heeft gekoesterd als waren het zijn kinderen. Hij geeft een bijna onmerkbare knik richting de boeken om hem heen en de relikwieën op de schoorsteenmantel, verlaat de kamer en sluit de deur. Beneden laat hij zijn ouder wordende lichaam zakken in een zachte stoel, eigenlijk de fauteuil van zijn vader waar niemand in mocht zitten en waarin de boer zich nooit honderd procent op zijn gemak voelt. Hij bladert door het boek, maar kan geen volledige concentratie opbrengen. Hij legt het boek weer weg en kijkt even naar buiten. De bomen bewegen in de wind en de zon gaat schuil achter enkele sluierwolken. Hij wrijft door zijn dunner wordende haar en strijkt een pluk die net te lang is weg achter zijn oor. Dan staat de boer op en ijsbeert door de ruimte heen en weer. Hij loopt naar de platenspeler en zoekt een LP uit van het genre dat hij boven op de zolder bewaart, haalt voorzichtig de plaat uit de hoes, haalt een doek over het geribbelde oppervlak en zet de naald op de rand. Muziek uit de jaren veertig schalt uit de luidsprekers door de kamer en vult de ruimte. Door de muziek krijgt de ruimte weer de sfeer uit de jaren veertig, van de feesten en bijeenkomsten. De boer sluit zijn ogen. Na tien minuten opent hij zijn ogen weer en deze krijgen een enigszins wilde glans als de muziek enthousiaster wordt en grimmiger. Het koor dat zingt is van soldaten die heilig geloven in hun doel en vierkant achter hun vaderland staan en bereid zijn ervoor te sterven als dat moet. Hij zingt zacht mee, bij het volgende nummer al wat harder en nog een volgend nummer uit volle borst. Zingen leidt al snel tot een hoestbui en de plaat is ondertussen ook afgelopen. Als de boer weer op adem is, staat hij op uit de stoel van zijn vader, draait de plaat om en zet de naald weer op de rand. Hij neemt echter niet weer plaats in dezelfde stoel, maar blijft staan om zo beter zijn ademhaling te reguleren en mee te kunnen zingen. Het zingen maakt hem vrij. Hij wil vrij zijn van vastgeroeste waarden en normen die hem toch niets zeggen. Hij wil zich trots voelen en ergens bij horen. Hij staat voor waarden die hij niet vindt in de maatschappij waarin hij nu leeft. Kameraadschap of ergens voor gaan, wat blijkt uit de teksten, spreekt hem aan. De wereld buiten zijn boerderij, buiten de kamer bestaan even niet meer voor hem.

Als Rinke gedempt de muziek uit de richting van het huis hoort komen, kijkt ze even op. Ze baalt nog steeds om het delen van Pedro al stromen de tranen niet meer over haar wangen. Het zoute water is opgedroogd en heeft een flinterdun laagje achtergelaten op haar huid, wat een beetje prikt. Een wit spoor loopt naar beneden over haar wangen. Rinke voelt haar lichaam nauwelijks op dit moment. Het kan haar niet schelen dat ze in een verkrampte houding op de grond zit. Ze heeft haar benen nog steeds opgetrokken tegen zich aan, tot dicht onder haar kin. Haar armen heeft ze hier omheen geslagen en haar hoofd rust bijna horizontaal op haar knieën. Als de muziek een fractie meer dreunt, heft ze haar hoofd op en staart door waterige ogen naar het huis met de wuivende bomen. De bomen die dezelfde beweging maken als de haartjes op de armen van de jongen. Ze hebben dezelfde dichtheid. Ze hebben dezelfde structuur. Dan staat ze op en wankelt. Ze doet enkele passen richting de woning en naarmate ze dichterbij komt, wordt de muziek duidelijker en kan ze noten onderscheiden. De sfeer die de muziek voor haar oproept, is de angst die ze had toen ze over de vensterbank van het raamkozijn op zolder stapte en haar voet in de wankele dakgoot zette. Haar hart bonst nu ook in haar keel en ze vergeet haar verdriet dat naar beneden glijdt en zich nestelt in haar buik. Het verdriet maakt plaats voor angst, maar ook voor afkeer. Ze wil zo snel mogelijk haar vriendinnen vinden. Al snel vindt ze Esther in de keuken, die in de weer is met handdoeken en brandstof. Esther is net te laat met de spullen achter haar rug te verbergen. In een reflex glimlacht Esther naar haar en heft haar hoofd iets op om Rinke recht aan te kunnen kijken. De verbazing en schrik is sterker dan de frustratie over het delen van de jongen en het verzwijgen daarvan. Vooral als Rinke duidelijk wordt dat er iets niet in de haak is met de handelingen van Esther. In de keuken is de muziek overigens nauwelijks meer hoorbaar, alleen als ze beiden hun oor te luisteren leggen tegen de muur die de keuken scheidt van de woning. Esther en Rinke kijken elkaar aan, terwijl ze luisteren naar de gedempte, maar onmiskenbare tonen van marsmuziek. Esther mompelt iets over nazi's en archief en verstrakt. Het wordt Rinke nu ook duidelijk dat het materiaal op de zolder en in de bibliotheek niet slechts een archief zijn, maar dat de boer nog steeds actief is en wel eens gevaarlijk kan zijn. Ze vermoedt de plannen van Esther, maar ze kan geen tegenargumenten vinden om haar tegen te houden. Rinke bedenkt dat ze Priscilla moet vinden, want de blik van Esther bevalt haar allerminst. Ze recht haar rug en loopt met stevige passen binnendoor naar de schuur.

'Pris!'

'Pris waar ben je. Kom tevoorschijn, alsjeblieft.'

'Nee! Ga weg. Laat me met rust' klinkt het gedempt uit het hooi. Priscilla zelf is nergens te zien, maar haar stem klinkt alsof ze zich in een hooibaal heeft gerold.

Rinke bedenkt zich geen moment en klimt op de balen hooi om Priscilla te vinden. 'Kom op, doe even niet zo kinderachtig! Het is geen goed tijdstip om Doornroosje te spelen. We hebben een probleem en ik heb jou nodig om het op te lossen. De situatie escaleert en we moeten snel ingrijpen.

'Wat is er dan?' vraagt Priscilla en steekt ondertussen haar hoofd boven een hooibaal uit. Haar haar heeft nu de kleur van het hooi aangenomen en is net zo dof. Van achteren schijnt er licht doorheen en dat maakt het haar doorzichtig.

'De boer is minder onschuldig dan we dachten en Esther voert iets in haar schild.'

'Wat heb ik daar mee te maken? Dat moet ze toch zeker zelf weten?'

'Doe nou niet zo naïef! Jezus hè! Als je het ziet verander je wel van gedachten.'

'Mooi niet, ik blijf hier.'

'Al moet ik je aan een been uit het hooi de schuur uit sleuren, het erf op. Ik doe het hoor!'

Dan blijft het even stil in de schuur.

Niet veel later laat Priscilla haar hoofd zien, stapt voorzichtig over een hooibaal heen en daalt van de zolder af naar beneden. Ze gaat liever uit zichzelf naar beneden dan dat er nog een keer iemand ruw haar been beetpakt en meesleurt tegen haar wil, zonder zich te kunnen verzetten. Zwijgend lopen ze de schuur uit buitenom naar de andere kant van het erf. Bij het huis houden ze zich schuil achter de bomen voor de grote ramen en horen duidelijk en onmiskenbaar de marsmuziek. Het schouwspel achter de ramen staat hen allerminst aan. De boer marcheert door de kamer, voor zover de ruimte dit toelaat. Als ze voorzichtig dichterbij komen horen ze dat hij, weliswaar fonetisch, meezingt met de muziek en met zijn voeten het ritme kracht bij zet. Een sluier trekt over de gezichten van de meiden.

Esther is vastbesloten om het archief van de boer of wat het ook is te vernietigen, want het is puur kwaad en in haar ogen een gruwel. Niet alleen naar Joden en slachtoffers van de Tweede Wereld Oorlog toe, maar tevens voor hun nabestaanden. De wereld is beter af zonder mensen zoals hij en zonder documentatie van deze aard. De aanblik van de boer doet haar veel meer pijn dan de pijn van de afgelopen middag. Ze denkt daarbij aan haar familie en voelt dat ze het hen verplicht is iets te doen en dit kwaad met wortel en al uit te roeien. Het besluit had ze al genomen boven in de bibliotheek, maar wordt bevestigd doordat de boer de muziek, die Rinke al eerder had beluisterd, draait in de salon op een exorbitant hard volume, uit volle borst meezingt en met laarzen op de maat op de grond stampt. Uit de keuken heeft Esther lampolie gehaald en uit de auto een jerrycan met benzine, die Rinke altijd achterin heeft liggen in geval van nood. Ze is al een keer langs de kant van de weg gestopt en heeft de tank moeten bijvullen om het eerstvolgende tankstation te halen. Uit de linnenkast heeft Esther ook handdoeken gepakt om boven in de bibliotheek te doordrenken met de vloeistoffen die ze nodig heeft om haar plan ten uitvoer te brengen. Zodra ze met behulp van dezelfde sleutels als vanmiddag naar binnen sluipt, houdt ze de bundel stevig vast onder haar arm. Zachtjes sluipt ze de trap op naar de bibliotheek, zonder gezien of gehoord te worden.

Rinke en Priscilla kunnen de boer zien door het raam van de tweede salon, maar hij hen niet omdat hij in zichzelf gekeerd lijkt. Even later sluipen ze beide Esther achterna naar binnen en weten snel de weg te vinden naar de bibliotheek, weer door de eerste salon, de trap op, langs de balustrade en de blauwe kamer.

Esther vouwt de doeken uit, besprenkelt deze met benzine en hangt ze vervolgens over de boeken heen. Met de lampolie en overgebleven benzine loopt ze naar de gordijnen en doordrenkt deze met de brandbare vloeistoffen. Van de eerste lucifer die ze langs het doosje strijkt breekt de kop af en vloekend pakt ze een volgende lucifer. Met trillende handen steekt ze de gordijnen aan, die meteen vlam vatten. Het plan werkt en het vuur grijpt razendsnel om zich heen, via de wandkleden en gordijnen. De vlammen knabbelen aan het schilderij van de man in het uniform en verslinden langzaam één voor één de strepen op zijn schouder. Esther staat geboeid te kijken naar het schouwspel en lacht. Dan bedenkt

179

ze zich en pakt het medaillon en andere sieraden uit de lades van de kast waar de vlammen aan beginnen te likken. Ze brandt zich, maar voelt niets door de opwinding. De vlammen kruipen verder over de grond en proberen tussen het patroon in de vloerbedekking hun weg te vinden naar haar voeten en willen ook daaraan likken. Rinke en Priscilla staan nu in de deuropening en weten Esther net op tijd terug te trekken anders had ook zij vlam gevat, zo gaat ze op in de vernietiging van het archief. De vlammen worden weerspiegeld in haar ogen en ze geniet zichtbaar. Haar ogen krijgen er een griezelige glans door. Het laatste wat zij ziet, is het bladderen van het behang van de muren en de zwarte randen van de krullen van het papier. Het plafond vertoont zwarte plekken en het stucwerk stort al naar beneden. Het vuur begint nu ook te grommen en de vlammen lijken op klauwen die steeds hongeriger worden en om zich heen grijpen. De vlammen lusten ook wel drie meiden erbij, maar deze nemen de benen voordat de overloop ook onbegaanbaar wordt.

Een bons op de vloer boven hem doet de boer opschrikken uit zijn overpeinzingen en hij staart naar het plafond. Het lijkt alsof het stucwerk trilt en hij vraagt zich af of de fijne scheurtjes zich hier al eerder bevonden? Ook de geur in de kamer komt hem vreemd voor. Het lijkt wel een houtskoollucht of een auto die niet goed wil starten en waarbij een fijne damp de cabine intrekt. Hij zet de muziek uit en hoort een bedompt geraas en het vallen van spullen op de vloer. Het duurt even voordat hij doorheeft dat hij recht onder de bibliotheek zit en veert op. Bij de deur zijn zijn stappen groter geworden en zijn gang veranderd in een looppas. De trap neemt hij met stevige passen. Halverwege drukt hij zich tegen de muur, als hij de rook ziet en de vlammen in de deuropening van de bibliotheek, liever gezegd wat al bijna geen bibliotheek meer genoemd kan worden. Ademen kan hij nauwelijks meer, want het enige dat hij binnenkrijgt is rook en as. De lucht is heet en verzengend en schroeit zijn mond, keel en longen. Hij voelt zich als een kreeft die met gebonden scharen in kokend water wordt gegooid en met een spatel onder water gehouden wordt. Door de rook kan hij steeds minder onderscheiden en hij kan zich niet oriënteren waardoor hij de deuropening niet kan waarnemen of lokaliseren. Zijn vel laat ondertussen los van zijn vlees en zijn vlees laat los van zijn botten. Zijn haar is verschroeid en gesmolten, maar hij ruikt niet de geur van de bolletjes op zijn armen. Evenmin ruikt hij de schroeilucht van zijn eigen lichaam dat uit elkaar valt. Als de ramen barsten door de hitte en met donderend geraas naar binnen versplinteren, laait het vuur hoger op door de plotselinge voeding van zuurstof van buiten. Alle boeken branden intussen en het vuur heeft de overloop ook in bezit genomen en wil logeren in de aangrenzende slaapkamers. Witte lakens zijn aan het vuur niet besteed want ze worden verslonden voordat ze kunnen rafelen of kreuken.

Buiten staan de drie meiden te kijken naar het raam van de bibliotheek waarbinnen het vuur woedt. Het licht van het vuur weerspiegelt in hun ogen. Nu ze frisse lucht in hun longen hebben dringt de omvang van wat Esther heeft gedaan pas tot ieder van hen door. Dan verschijnt plotseling even de gestalte van de boer voor het raam van de bibliotheek. De meiden zien dat zijn armen in brand staan. Met een knal springen dan de ramen en worden naar binnen gezogen. Het lichaam van de boer is daarna niet langer te zien door het oplaaiende vuur. Zowel Rinke als Priscilla kijken naar Esther, maar deze lijkt in trance te zijn door de vernietiging die zij heeft bewerkstelligd. Brand stichten in een archief is één ding, iemand laten omkomen in de vlammen is iets anders. Het enige wat er nu op zit is hun koffers pakken en wegwezen. Weg van deze plek.

~ einde ~